Gestreift, getupft
und
dreimal schwarzer Kater

Gestreift, getupft
und
dreimal schwarzer Kater

B. Koischwitz

2. Auflage
Verlag B. Koischwitz
Am Hanig 15
35075 Gladenbach-Römershausen
Tel./Fax: 06462/2123

Illustrationen: Brigitte Koischwitz
Druck: Clausen & Bosse, Leck
ISBN 3-925602-10-0

Inhalt

(Mit Anmerkungen des Katers Kasimir nach den ***)

Sieben auf einen Streich

Sieben auf einen Streich

Gibt es etwas Schöneres, als eine schnurrende Katze im Arm zu halten und voller Wonne die Nase in weiches Fell zu stecken?

Die Antwort ist einfach:

„Nein!"

In solchen Augenblicken seidig-sanfter Fellberührung versinkt die gesamte böse Welt in einer rosa Wolke, getränkt von Liebe, Zärtlichkeit und Vertrauen.

Nur Schmusen, Kraulen und Köpfchenreiben zählen.

Bei solchem Austausch werden selbst harte „Bosse" zu Schmusekatern, und „Bürozicken" mauzen plötzlich wie sanfte Treppentiger.

Oder gibt es etwas Schöneres, als in einem zwei mal zwei Meter großen Bett kaum Platz zu finden, nur weil sich gerade ein Rudel Katzen, kräftig gähnend, darin wälzt?

„Es gibt nichts Schöneres!"

Ich weiß es, und ich weiß auch ganz genau, wovon ich rede, denn mein Leben ist voller Katzen und hat mich derart „verkatzt", daß ich mich schon selbst als Katze fühle.

„Was, schon sieben Katzen haben Sie? Das kann nicht Ihr Ernst sein!"

Solche Sätze, mit dazu deutlich musternden Blicken, habe ich mir in meiner Laufbahn als Katzenmutter mehr als einmal gefallen lassen müssen.

Es hat sogar Leute gegeben, die behaupteten:

„Die Frau hat 'ne Meise! So viele Katzen, unmööglich!"

Reinliche unter ihnen raunten hinter vorgehaltener Hand:

„Wie mag es bei der zu Hause aussehen?!"

„Und was solche Tiere an Futter kosten", rechneten Geizige voll Grausen aus.

Allein eine alte Freundin – lange Zeit hatten wir uns aus den Augen verloren – bildete den absoluten Hit an Reaktion.

Als ich sie in mein trautes Heim einlud, schrie sie entsetzt:

„Waas – sieben Katzen?" – als hätte ich sie in ein Affenhaus geladen.

Dabei stimmte sie anfangs freudig zu.

Erst als sie von meiner Massentierhaltung erfuhr, ging sie mit besagter Einladung sehr zaghaft um.

Wie ein Aal wand sie sich aus der Schlinge und murmelte plötzlich etwas von:

„ ... Termine beim Zahnarzt und Handwerker sind angesagt ..., aber irgendwann ...wird's schon mal klappen.

Ich ruf' wieder an. Tschüs!"

Klatsch, war der Hörer aufgelegt.

Etwas verdattert schaute ich das verstummte Telefon an und mich dann in meiner von aller Welt verpönten Katzenrunde um.

Ganz weit wurde mein Herz beim Anblick jener sieben schlafenden Fellkringel, wie sie friedlich über Sofa, Sessel und Stühle verteilt selig vor sich hinschnurrten und genüßlich in den Polstern herumlümmelten.

Um meine große Liebe mitzuteilen, streichelte ich jede einzelne sanft, und jede von ihnen kuschelte sich dankbar in meine Hand.

Keine hatte ich mir je richtig gewünscht, alle waren sie mehr oder weniger in mein Haus hineingepurzelt.

Aber nicht eine, nicht einmal das winzigste Barthaar von ihnen, würde ich freiwillig herausrücken.

Jede hatte ihre eigene, abenteuerliche Geschichte.

Kater Kasimir beispielsweise, den Ältesten, den habe ich nun uberhaupt und absolut nicht gewollt und zwar, weil ich schrecklich abergläubisch bin (war).

Zu der Zeit wohnte ich in einem Mietshaus in einer anderen Stadt.

Dabei fing alles damit an, daß ich mich in eine äußerst vornehme, champagnerfarbene Perserkatze mit bernsteingelben Augen verguckt hatte.

Sie war hochgradig adelig, hochnäsig, total versnobt und mit einem hochherrschaftlichen Stammbaum ausgestattet.

Zudem handelte es sich bei ihr um eine Mutterkatze in freudiger Erwartung.

Ich stand in der hohen Gnade, ein Junges von ihrem zukünftigen Wurf abzubekommen. Und wie das ist, bevor ein Baby kommt, alle sind schrecklich aufgeregt, und ich war's am meisten.

Um meiner Aufregung Herr zu werden, ging ich einkaufen.

Und kaufte: Körbchen, Kissen, Katzenklo, Kratzbaum, Quietschmaus und einen kleinen Gummiball.

Nachbarn, Onkel, Tanten und Cousinen fragten von früh bis spät:

„Schon da?"

„Nee!"

„Ist was passiert?"

„Nee!"

Nichts war passiert, und es passierte auch nichts.

Überhaupt nichts!

Wie das bei Edelmüttern manchmal ist – jene Dame verblieb nur scheinschwanger. Es gab keine Babys.

Somit konnte man das Unternehmen „Katzenkörbchen" abblasen.

Nun stand ich da mit meiner überaus kostbaren Ausrüstung.

In meiner „Not" rief ich bei einem Tierheim in der Nachbarstadt an und fragte, ob man die Sachen dort gebrauchen könnte.

„Ich habe eine ganz andere Idee", meinte die nette Dame am Telefon, „wollen Sie nicht lieber von uns eine Katze für ihr Körbchen? Wir bringen Sie Ihnen sogar ins Haus, zufällig haben wir am Sonntag in Ihrer Nähe zu tun!"

„Ich weiß nicht!" nörgelte ich rum, doch blitzartig überlegte ich es mir anders!

„Joo, eigentlich ist das ein guter Gedanke! Ach ja, Frau Sanders" – ich weiß noch heute ganz genau, wie diese Frau hieß.

„Vielleicht haben Sie einen speziellen Wunsch? Es sitzen zur Zeit insgesamt siebenundzwanzig Tiere in unserem Katzenzwinger! Eine schöner als die andere."

„Och nee. Einen speziellen Wunsch? Nee, oder doch, habe ich! Alles können Sie mir bringen, alles, nur bitte keine schwarze Katze!

Sie müssen wissen, ich bin schrecklich abergläubisch. Schwarze Katze von rechts bringt Schlechts ... usw. Bitte deshalb keinesfalls eine schwarze Katze! Am liebsten wäre mir eine kunterbunte, vielleicht mit einem lustigen Klecks irgendwo!"

„Keine Sorge, das läßt sich einrichten! Sie können sich auf uns hundertprozentig verlassen!" waren die letzten Worte der guten Frau Sanders.

Und wie schnell kam der Sonntag.

Beinahe zu schnell, denn da ich eine wunderschöne Terrasse mit angrenzendem Rasen zur Verfügung hatte, richtete ich noch schnell eine Katzenklappe ein.

Schließlich wollte ich keine eingesperrte Katze.

Pünktlich am Samstag mittag waren die handwerklichen Arbeiten beendet.

Klaus, ein „Nachbar für alle Fälle", hatte dieses technische Meisterwerk in der Terrassentür untergebracht.

Hin und her klapperte die Klappe, ich durfte es probieren.

Ein kleiner Riegel ermöglichte, die ganze Sache auch mal fest zu verschließen.

„Wunderbar“ – ich zeigte mich begeistert.

Mit einem Kümmel und Korn feierten wir das Richtfest.

Scheinbar hatten wir dabei solchen Lärm gemacht, daß Nachbar Sichting, seines Zeichens Arzt, gleich mal reinschaute.

Ein Arzt als Nachbar war eine gute Sache, denn speziell Dr. Sichting hielt für alle Wehwehchen immer ein paar Pillen und einen guten Rat bereit.

Vielleicht hatten wir von dem Kümmel und Korn ein bißchen zu viel genascht, denn wir kicherten und lachten so laut, daß bald auch die restlichen Nachbarn erschienen. Sie bestaunten ebenfalls das raffinierte Bauwerk und weihten es gleich tüchtig mit ein und ruhten nicht eher, bis alle Flaschen leer auf der Terrasse umherkullerten.

Dann endlich war es Sonntag!

Den ganzen Tag über fühlte ich mich total entnervt.

Voller Erwartung blieb ich konstant in Nähe der Türklingel, außer ich beschäftigte mich damit, das Babykörbchen hin und her zu rücken.

Mal stellte ich es ins Licht, dann wieder raus. Kein Standort wollte mir gefallen.

Vor meinem geistigen Auge rekelte sich bereits ein rotgetigertes oder schwarz, weiß, gelb kariertes Etwas auf dem hauchzarten Blümchenkissen, und kleine rosa Pfoten baumelten entspannt über den Korbrand herab.

Irgendwann klingelte es. Ich machte auf, und Frau Sanders legte zuckersüß los:

„Hallo, da sind wir. Ich habe schon zu meinem Mann gesagt, Sie waren neulich so nett am Telefon, Sie schicken uns gewiß nicht wieder zurück!“

Während sie sprach, klopfte sie leicht, aber sehr bedeutungsvoll auf eine Plastikkiste mit einem Gittertürchen.

„Warum sollte ich ?“ fragte ich arglos.

„Ach, wissen Sie, es ist gar nicht so einfach, aus einem Zwinger mit siebenundzwanzig wildgewordenen Katzen eine ganz bestimmte herauszufischen.

Eine Bunte oder Rotgetigerte hatten Sie bestellt, und die habe ich gezielt fangen wollen, aber nicht gekriegt.

Wie ich gerade darüber verzweifeln will, fällt mein Blick auf die Beförderungskiste, die ich mitten in den Käfig gestellt hatte, und was soll ich Ihnen sagen, saß da drin?"

Frau Sanders hatte ihre Stimme deutlich gehoben und während ihrer Fragestellung geschickt den Deckel der Kiste geöffnet.

Erwartungsvoll schaute sie mich an, als hätte sie weiße Hasen aus dem Hut gezaubert.

Ich staunte nicht schlecht, entstieg doch diesem Zauberkasten eine riesige schwarze Katze mit großen, strahlend gelben Augen, so groß wie Teetassen.

Seelenruhig, als würde sie jeden Tag in dieser Kiste umherziehen, schlängelte sie sich elegant heraus.

Nach einer genußvollen „Meterlang"-Streckung würdigte sie mich eines kurzen Blickes und stiefelte dann wie selbstverständlich auf den bereitgestellten Korb zu.

Schließlich schnupperte sie ein bißchen an dem funkelnagelneuen Kissen, gab der Quietschmaus einen Schubs und setzte sich gemütlich nieder.

Ich war platt!

Keine rosa Baumelpfoten, dafür einen rabenschwarzen Panther, so schwarz, daß das Fell in der Sonne indigoblau schimmerte. „Tja", meinte Frau Sanders, „deshalb hatte ich Angst, Sie würden uns wieder heimschicken!"

„Eine schwarze Katze!" murmelte ich fassungslos und starrte wie ein hypnotisiertes Kaninchen in den Korb.

„Es ist ein Kater!" erklärte Frau Sanders, „kastriert, geimpft, das alles haben wir bereits im Tierheim erledigt."

„Na fein!" war mein ganzer Kommentar.

Frau Sanders war irritiert, sie wußte nicht, ob ich nun zustimmte oder ablehnte.

Es war ein reines Farbproblem, was da im Raume stand, denn ich war in jenem Augenblick bereits in diesen selbstbewußten Kater, der sein Schicksal entschlossen selbst in die „Pfote" genommen hatte, total verliebt, Hals über Kopf, über beide Ohren, bis tief in den großen Zeh hinab.

„Hat er einen Namen?"

„Aber ja!" flötete Frau Sanders, „Kasimir heißt er!"

Sie war überglücklich, denn aus meinen Fragen schloß sie wohl, daß ich mich für das Tier erwärmte.

Wenn sie geahnt hätte, wie sehr! Dummerweise hatte ich das Ehepaar Sanders, da sie ja von weit her kamen, zum Kaffee eingeladen.

Der Tisch war längst gedeckt.

Am liebsten hätte ich ihnen Kaffee und Kuchen in die Hand gedrückt und sie damit schnellstens aus der Türe geschoben.

Ich wollte allein mit ihm sein, mit meiner rabenschwarzen Überraschung.

Katerchen dagegen sah diese erste Begegnung viel gelassener.

Kaputt von der Reise, hatte er sich eng zusammengerollt und schnarchte erst mal eine dicke Runde.

Aber wenn kein Abendbrot gereicht wird, verabschieden sich Kaffeebesucher im allgemeinen recht bald.

Das war der Augenblick der wahren Begegnung.

Kaum hatte sich die Tür hinter Familie Sanders geschlossen, schlich ich mich zu dem schlummernden Bündel.

Kasimir ließ sich nicht stören, er verweilte offensichtlich in absolutem Tiefschlaf.

Nur ein einziges Mal öffnete er einen ganz winzigen Augenblick das rechte Auge.

Damit zeigte er mir, daß er trotz allem alles mitbekam.

Aber sonst rührte sich nichts! Nichts und niemand brachte ihn von diesem Platz mehr weg!

Wohlig kuschelte er sich in die Kissen, was soviel hieß wie: „Endlich daheim!“

***

Hier muß ich , Kasimir, gleich ein paar Worte dazu sagen:

Nix Tiefschlaf, ich tat nur so. Alles, absolut alles bekam ich mit, ich ließ sie, meine neue „Heimleiterin“, nicht mehr aus den Augen.

Über dieses Heim konnte ich nämlich nicht meckern.

Es war wunderbar warm, und überall lagen wunderschöne weiche Kissen herum.

Herrliche Näpfchen, gefüllt mit reichlich Futter, standen bereit. Ich hatte nur keinen rechten Appetit.

Kein Wunder nach dem Streß in diesem Irrenhaus, mit all den verzweifelten Katzen, die sich verlaufen hatten oder von ihren eigenen Herrschaften ausgesetzt wurden.

Total fertig mit den Nerven, bin ich deshalb freiwillig in den kleinen Käfig hineinmarschiert. Es war mir klar, alles, was kam, konnte nur besser sein.

Dabei bin ich direkt in den siebten Katzenhimmel marschiert.

Ich konnte das sehr gut beurteilen, denn vor meinem Tierheimdasein hatte ich es schon einmal sehr gut getroffen.

Mein erstes Frauchen, eine liebe alte Dame, hatte mich als Minikatze von einem Bauernhof geholt und großgezogen.

Ein wunderschönes Jahr lang lebte ich mit ihr in einer kleinen Wohnung. Aber eines Morgens lag sie ganz still in ihrem Bett.

Kurze Zeit später kamen Leute, trugen sie weg, und ich blieb allein zurück.

Dann erschienen ihre Nichten und Neffen. Was waren die nett! Wenn sie sonst zu uns zum Kaffee kamen, dann durfte ich immer so viel Schlagsahne lecken, bis ich nicht mehr konnte.

An diesem Tag zeigten sie sich jedoch vollkommen anders: Keine Schlagsahne – dafür wühlten sie gierig in allen Schränken und Schubladen, und mich lieferte man postwendend im Tierheim ab!

Gemessen an dem, was ich nun hinter mir ließ, hatte ich mit meiner neuen Situation das große Los gezogen.

Dieses blonde, etwas rundliche, immer schrecklich nach Knoblauch schnuppernde „Frauchen" war in Ordnung.

Sie war zwar nicht mehr ganz neu, aber für ihr Alter noch ganz fit. Sie liebte gutes Essen, klassische Musik und Ruhe – wie ich!

Zudem lebte sie nur für mich!

Sie gehörte zu den sogenannten glücklichen „Single-Frauen".

Nachdem sie einmal lange verheiratet und einmal heftig „liiert" lebte, bevorzugte sie nun Katzengesellschaft.

Nur ab und zu, manchmal auch öfter, besucht uns ihr sogenannter Lebensgefährte, mit dem sie sich wohl fast so gut versteht wie mit mir.

Wenn der kommt, werde ich allerdings aus dem Schlafzimmer verbannt, und er darf dann die ganze Nacht bei ihr „schnurren"!

Aber nie und nimmer bin ich auf ihn eifersüchtig, denn ich bin „Frauchens wahre Stütze". Das weiß ich!

Deshalb bin ich auch zum Co-Autor ernannt, denn manche Begebenheit muß ich, da meiner „Herrin" manchmal völlig der Überblick fehlt, grundlegend ergänzen.

Halali, der Jäger kommt

Seit Katerchen Kasimir auf seinen samtenen Pfoten in mein bescheidenes Leben geschlichen war, bildete er für mich den absoluten Mittelpunkt, ähnlich einer Kirsche auf der Sahnetorte.

Fast wie in einem Dauerkino konnte ich mich von früh bis spät an seinen Tätigkeiten ergötzen.

Dabei bestand seine Haupttätigkeit aus absoluter Untätigkeit.

Folglich vertuddelte ich viel Zeit mit meiner Katerbegeisterung.

Aber wer gerät nicht in Verzückung, wenn ein absolut ausgestrecktes schwarzglänzendes Schmusetier, den Kopf zwischen zwei Vorderpfoten geklemmt, hingebungsvoll auf der Fensterbank träumt?

Leise und vorsichtig werden dann Blumentöpfe zur Seite geschoben und schwebend weggehoben, damit der große Träumer ja ordentlich Platz hat.

Stundenlang konnte Kasimir in solch herrlichem Nichtstun verharren.

Und während sich draußen alle Welt die Hacken ablief, drehte er sich gerade mal von einer Seite auf die andere.

Ganz plötzlich konnte es jedoch passieren, daß er fix in die Höhe schnellte und nach kurzer, gründlicher Streckung zielstrebig in den Garten marschierte.

Schnell kehrte er mit reichlich Beute heim. Seine Vorliebe galt dabei dicken, fetten Mäusen.

Manchmal mußte auch ein kleines Vögelchen dran glauben. Allerdings konnte er damit bei mir kaum Begeisterung ernten, und postwendend wurde er mit Schimpf und Schande hinausgejagt.

Hollala, er war ein toller Jäger, mit Augen, scharf wie ein Adler und Ohren, groß wie Lautsprecher. Seine spitzen Krallen garantierten absolute Treffsicherheit.

Hinter diesen „Geräten" konnte sich so mancher menschliche Jäger mitsamt Pistolen und Flinten verstecken.

Ach, gäbe man ihm, Katerchen Kasimir, solch technisches Beiwerk, er würde ganze Mäuseketten seinem Frauchen vor die Füße legen.

Um sein Können richtig zu beweisen, präsentierte er eines Tages voller Stolz einen wahrhaft riesigen Fang.

Dabei handelte es sich um ein strammes, ausgewachsenes Kaninchen, fast doppelt groß wie er, na ja – vielleicht ein bißchen kleiner.

Jedenfalls hatte er bannig Mühe, das Ding fortzubewegen.

Der große Jäger wußte sich zu helfen und zog es einfach wie einen nassen Sack hinter sich her.

An der fast körperengen Katzenklappe scheiterte der Transport jedoch.

Das Kaninchen hatte sich bös' in der Klappe verklemmt.

Kasimir gab nicht auf: Er ruckelte, zuckelte und zwängte Zentimeter für Zentimeter die teure Beute durch die Luke.

Am Schluß verriet lautes Gepolter: Es war geschafft!

Mit letzter Kraft verkroch er sich dann bezeichnenderweise unter den Eßzimmertisch.

Als kluger Kater vertilgte er alles „Wild", was er schlug, unter diesem Tisch.

Laut knuspernd und knurpsend verschnurpste er sein „Riesenvieh".

Er fraß und fraß, bis vom Kaninchen nur der weiße puschelige Schwanz übrigblieb.

Innerhalb einer Stunde hatte er sich auf diese Weise von einem schlanken, agilen Kater in ein kurzatmiges Hängebauchschwein verwandelt.

Bewegungsunfähig kullerte er, sozusagen als Nachtisch, den übriggebliebenen „Puschelschwanz" ein bißchen hin und her.

Der daran anschließende Verdauungsschlaf dauerte geschlagene zwei Tage und zwei Nächte.

So gesehen lebte Katerchen wie ein „Prinz" auf der „Erbse".

Ihm fehlte es an nichts!

Seine Speisekarte gestaltete er sich, neben dargebrachtem Dosenfutter und Breckies, abwechslungsreich und üppig.

Als sich einmal eine Ente auf dem Parkplatz vor der Türe neben den Autos tummelte, tummelte sie nicht sehr lange.

Der schwarze Jäger schlug zu!

Anschließend war das gesamte „Eßzimmer" in eine flokkige, wallende Federwolke getaucht, die ein geplagtes Frauchen mühevoll mit dem Staubsuger beseitigen mußte.

Tauben, Mäuse, Hühner, Ziegen, alles, was sich leichtsinnigerweise vor seine vor Jagdlust zitternden Barthaare wagte, wurde blitzschnell gefangen und verputzt.

Grün vor Neid schaute ich seinem Treiben zu, denn ich ernährte mich zu dieser Zeit gerade von Käsebaguett, Tütensuppen, Kartoffeln und Zwiebeln im Wechsel.

Obwohl er das reinste Katzenparadies bei mir hatte, erschien er mir manchmal wie ein wunderschöner, aber einsamer Prinz, dem die „Erbse" ordentlich aufs Gemüt drückte.

„Völlerei" war eben nicht alles.

Es entging mir nicht, daß mein Prinz immer öfter sehnsuchtsvoll in die Ferne schaute, als würden jeden Augenblick irgendwelche Wunder am Horizont auftauchen.

Kurzum, meine liebevolle Ansprache, meine Schmusestunden, mein tolles teures Futter reichte nicht für sein vollkommenes „Glück“.

Ich muß gestehen: Ich war viel unterwegs, denn schließlich mußte ich ja Katzenfutter verdienen, und somit war der Kater oft allein.

Ich fühlte, er brauchte Gesellschaft – vielleicht sogar eine Gesellschafterin?

Also machte ich mich auf, nach einer Prinzessin für ihn zu suchen.

***

Hier muß ich mich ganz deutlich einmischen. Frauchen neigt wahnsinnig zur Übertreibung: Ziegen, beispielsweise, gab es weit und breit keine!

Zudem finde ich es unverschämt, mich als Vielfraß zu beschreiben.

Das Kaninchen mußte ich wohl oder übel allein fressen, denn wie oft habe ich „ihr“ meine Beute direkt vor die Küchentüre oder Schlafzimmertüre gelegt, schöne dicke, fette Mäuse. Das Wasser konnte einem im Mund zusammenlaufen. Aber sie verschmähte sie.

Es konnte noch so große Ebbe im Portemonnaie sein, für Katzenfutter kratzte sie immer etwas zusammen.

Auch deshalb brachte ich ihr Leckerbissen mit, denn so, wie ich beobachten konnte, kam bei ihr recht wenig Fleisch auf den Tisch.

Ganz schön bescheiden!

Und?

Was machte sie mit meinen hochwertigen „Mitbringseln“?

„Toll, feines Leckerchen hat der Kasimir mitgebracht“, flötete sie rein und hell wie eine Elfe.

Ganz schön scheinheilig, denn klammheimlich warf sie die Mäuse in den Müll.

Nur deshalb habe ich das Kaninchen allein aufgefuttert. Sollte diese Köstlichkeit vielleicht auch im Müll landen?

Eine Prinzessin muß her!

„Frau fand Katzen im Müllcontainer“, lautete eines Morgens die Überschrift auf der Titelseite der Zeitung.

„Frau M. wollte gestern in den Abendstunden ihren Mülleimer ausleeren, als sie plötzlich schreckliches Wimmern hörte. Sie öffnete den Deckel des Müllcontainers, da krochen ihr aus bestialisch stinkenden Abfällen fünf winzige Katzenbabys schreiend entgegen.“

Weiterhin wurde in dem Artikel der erbärmliche Zustand der Katzenkinder geschildert.

„Wer eines der Tiere aufnehmen möchte, kann sich beim ortsansässigen Tierschutzverein melden...“

Mir war klar: Ich hatte eine „Prinzessin“ gefunden und meldete mich spontan.

Allerdings hatten viele andere Leser die gleiche Idee.

Ich wählte und wählte – das Telefon war und blieb besetzt.

Aber so schnell ließ ich mich nicht entmutigen.

Immer wieder startete ich einen neuen Wählversuch, mein rechter Zeigefinger glühte.

Es war zwecklos, und deshalb vergaß ich schließlich über meine Arbeit hinweg mein Vorhaben.

Darüber wurde aus dem Morgen Mittag.

Als ich dann gegen vierzehn Uhr endlich durchkam, mußte ich mich auf meine Anfrage hin leider mit der Auskunft:

„Alle Tiere sind vergeben“, abfinden.

„Oh, schade“, jammerte ich.

„Nun ja," meinte die Dame vom Tierschutzverein, „es muß ja wohl nicht unbedingt eine aus dem Mülleimer sein. Wir haben noch eine ältere getigerte Katze, ungefähr ein Jahr alt. Wenn Sie die möchten, die können Sie sofort haben!"

„Warum nicht, ich komme vorbei!"

Also fuhr ich hin.

Kaum war ich aus dem Auto gestiegen, drückte man mir eine grau-weiß gestreifte Katze in die Hand.

Schlank wie eine Gazelle, mit ziemlich großen Ohren, wobei dem rechten Ohr der oberste Zipfel fehlte.

Der fehlende Zipfel ließ stark vermuten, daß das Tier bereits viel durchgemacht hatte.

„Sie ist eine absolute Schmusekatze", erklärte die Tierheimfrau.

Diese Erklärung hätte sie sich sparen können, denn „Julchen" klebte bereits schnurrend mit ihrem Köpfchen unter meinem Kinn.

„Entschuldigen Sie, wenn ich mich jetzt nicht weiter um Sie kümmern kann. Muß dringend in einen Haushalt, ... ein Hund – total vernachlässigt, die Polizei hilft, um das Tier zu retten ..."

Schon stand ich allein mit meinem Schmusetiger.

Ehe mir klar wurde, was mir fehlte, war die Frau verschwunden, ich hatte in der Aufregung vergessen, nach einer Transportkiste zu fragen.

Was sollte ich also tun?

Während ich hin und her überlegte, wühlte sich Julchen wie ein Klammeräffchen in mich hinein.

Scheinbar war sie froh darüber, Wärme, Nähe und Geborgenheit zu spüren.

Glücklich über solch stürmische Zuneigung preßte ich das kleine Wesen an meinen Busen. Aber bei aller Liebe hatte ich nun keine Hand mehr frei zum Autofahren.

Ratlos stieg ich in meinen fahrbaren Untersatz.

Ganz sanft versuchte ich, die Umklammerung ein bißchen zu lösen – vergeblich. Julchen grub sich immer tiefer in mich hinein. Sicher hatte sie Angst, ich könnte sie wieder absetzen.

Für Augenblicke wußte ich nicht, ob ich lachen oder weinen sollte. Dann kam mir eine Idee.

Ich schloß kurzerhand meine Jacke und zog den Reißverschluß hoch, so saß Julchen wie in einem Sack gut zugeschnürt, und ich hatte die Hände frei.

Ich fühlte mich wie ein Känguruh als Wüstenkapitän.

Julchen störte das nicht, sie schnurrte wie eine Nähmaschine und fühlte sich wohl in ihrem Versteck.

Tja, dermaßen verpackt schleuste ich sie auch gleich in die Wohnung.

Prinz Kasimir lag wie gewohnt in festem Tiefschlaf und schien nichts zu merken.

Ganz vorsichtig ließ ich die Prinzessin aus dem Versteck und auf das Sofa gleiten.

Schwupp lag sie auf einem weichen Kissen.

Vorsichtshalber blieb ich allerdings neben ihr sitzen, denn schließlich wußte ich nicht, wie Kasimir reagieren würde.

Hörte man doch immer wieder, daß Katzen ihr Terrain verteidigen und sich fetzen wie die Kesselflicker, wenn andere Katzen dazukamen.

Bald quälte mich fürchterlicher Kaffeedurst, und ich stand auf, ließ die beiden Schlafsäcke allein.

Was sollte schon groß passieren, wo man doch allgemein „tief“ schlief.

Kaum setzte ich jedoch einen Fuß in die Küche, hörte ich schon das gewohnte Geräusch, wenn Kasimir vom Hocker jumpt.

Vor lauter Schreck blieb mir fast mein Herz stehen.

Eh ich mich versah, stand Katerchen neugierig schnüffelnd vor dem Sofa.

Ganz zaghaft schlich er sich nah und näher an das schlafende Julchen heran.

Ich hielt den Atem an.

Spannender konnte kein Krimi sein!

Meine Phantasie spielte in Windeseile alle Möglichkeiten durch.

Beispielsweise, wie zwei laut keifende, fellsträubende Katzen wütend aufeinander loskeilten ...

Julchen sah ich bereits in Einzelteilen durch die Luft fliegen und Kasimir hinterher.

Irgendwann würde Julchen die Augen öffnen und das schwarze Ungeheuer sehen.

Sie öffnete die Augen!

Hilfe!

Ich schloß sie!

Ich konnte absolut kein Blut sehen.

Nach einer Weile öffnete ich sie wieder, denn kein Fauchen, kein Kampfgeschrei, nichts war zu hören.

Ein Bild des Friedens bot sich.

Zwar noch ein bißchen verkrampft ... aber ... äußerst liebevoll spielte sich diese erste Begegnung ab.

Steif wie eine Salzsäule blieb Julchen sitzen und ließ die zärtlichen Berührungen und neugierigen Verschnupperungen hoheitsvoll über sich ergehen.

Als Katerchen sie dann auch noch freundlich schubste und sich dicht neben sie setzte, war die Geschichte mit den „Königskindern" perfekt, denn sie hatten sich gefunden ...

Wahnsinnig stolz war ich auf meine Mäusejäger, hätte sie am liebsten gemalt, geknuddelt oder sonst was vor lauter Freude mit ihnen angestellt.

Aber diszipliniert blieb ich auf meinem Platz und schlürfte meinen Kaffee, ohne das neue Glück zu stören.

***

Hier muß ich Frauchen absolut zustimmen: Julchen war mir auf den ersten Blick sympathisch.

Ich bin ehrlich, ich hatte mich sofort schrecklich in sie verliebt.

Kein Wunder, sie ist ja auch eine ausgesprochene Schönheit. Jeden einzelnen Streifen in ihrem grau-weißen Tigerfell hätte ich küssen können.

Ihr zartes rosa Schnäuzchen ließ mich nicht mehr los.

Und wie angenehm kuschelig sie sich anfühlte!

Welche Wohltat, neben ihr zu liegen, ihr gleichmäßiges Schnurren zu spüren – für mich der Himmel auf Erden.

Bereits nach einer halben Stunde fragte ich mich , wie ich je ohne sie leben konnte.

Denn ich liebe sie genau so doll wie mein Frauchen.

(Diese Zeile habe ich schnell noch angefügt, damit Frauchen nicht eifersüchtig wird.)

Ein nächtlicher Ausflug

Eine schöne Zeit begann, Jule und Kasimir waren vom ersten Augenblick an ein Herz und eine Seele. Sie fraßen, saßen, schliefen, liefen und spielten zusammen.

Wie heißt es so schön: Friede, Freude, Eierkuchen.

Selbst ich war überglücklich mit meinen friedfertigen Schmusekatzen, bis zu dem Tag, da ich für fünf Tage verreisen mußte.

Allein der Gedanke, ohne meine Lieblinge zu sein und sie ohne mich, stach mir tief ins Herz und ließ in mir absolut keine Freude aufkommen.

Sonst was hätte ich hergeschenkt und ganz besonders diese

Reise, wenn man mich nur bei meinen Katzen gelassen hätte.

Na, ich bin trotzdem gefahren, aber mit ganz traurigen Augen und hängenden Ohren.

Dr. Sichting, mein „Kümmelnachbar“, hatte sich bereit erklärt, das verantwortungsvolle Amt der täglichen Fütterung zu übernehmen.

Einhundertdreiundzwanzig Verhaltensregeln hatte ich hinterlassen, wann, wie, wo und wieviel gefüttert werden sollte.

Wann Katzenklappe auf, wann zu, denn nachts waren beide daran gewöhnt, drinnen zu bleiben.

Wie verabredet standen sie stets um 19 Uhr auf der Matte und wollten rein.

Außerdem konnte ich nur ruhig schlafen, wenn ich alle in Sicherheit wußte.

Dr. Sichting hatte sehr bald die Nase voll von meinem vielen Gebabbel um die Katzen und schob mich energisch aus der Türe:

„Machen Sie sich keine Sorgen!“

Damit ich auch tatsächlich abfuhr, brachte er mich höchstpersönlich zum Bahnhof.

Somit bestand keinerlei Chance umzukehren.

Na, um es kurz zu machen, die Reise war sehr schön, und wenn ich zu Hause anrief, um mich zu erkundigen, erhielt ich zu meiner Beruhigung – selbst wenn alles drunter und drüber ging – nur die Antwort:

„Alles in Ordnung!“ was mich absolut beruhigte.

Deshalb genoß ich die Schönheiten der weiten Welt in vollen Zügen und vergaß sogar manchmal, an die kleine Welt in dem gemütlichen Wohnzimmer zu denken.

Jede Reise geht einmal zu Ende ... so auch meine!

Endlich daheim, wollte ich mich liebevoll auf meine verlassenen Waisenkinder stürzen ...

Da mußte ich feststellen: Ich war abgemeldet!

Eine eiskalte Front klatschte mir glashart entgegen.

Jule sprang spontan vom Sofa, stellte energisch ihren Schwanz in die Höhe und zog mit wackelndem Hinterteil von dannen.

Katerchen war nicht ganz so streng. Er sprang zwar vom Sofa und versteckte sich ein bißchen, schlich sich aber dann mit einem kläglichen „Meck, meck," wieder an.

Kurzum: Man behandelte mich wie eine Fremde.

Empfindlich wie ich war, fühlte ich mich den Tränen nah.

Mit Speck fängt man aber bekanntlich Mäuse; also überlegte ich mir einen „Katzenspeck" und opferte eine Dose Ölsardinen.

Laut klappernd teilte ich die Fische in die Schüsselchen auf.

Es klappte!

Wie Raketen kamen beide in die Küche geschossen und fielen über diese Köstlichkeit her.

Anschließend hielt man eine große Leck- und Putzstunde ab, in deren Verlauf ich dann, anfangs wohl mehr aus Versehen, hier und da eine Schmuseeinheit abbekam.

Ich atmete auf. Man hatte mich wieder aufgenommen.

Herrlich und in Freuden wäre das Leben weitergegangen, wenn Julchen nicht nach und nach ganz merkwürdig ihre Figur verändert hätte.

Schön, sie war immer ein gieriger Freßsack, schaufelte sich förmlich das Futter rein.

Manchmal fraß sie derart schnell, daß sie nach wenigen Minuten die ganze Geschichte wieder mitten ins Zimmer kotzte.

Herzlichen Glückwunsch!

Während ich die warme Matsche wegräumte, schubste sie Katerchen unwirsch von seinem Napf weg.

Da er anfangs nur nippte und lange rumtuddelte, fraß sie ihm vor seinen Augen seine Portion ratzeputz weg.

„Ich weiß nicht“, sinnierte ich vor mich hin, „irgendwie siehst du aus wie eine wandelnde Tonne!“

Julchen interessierten meine Betrachtungen überhaupt nicht, und ich blieb arglos.

Eines Nachmittags, Julchen lag mit mir innig schmusend auf dem Sofa, berührte meine Hand zufällig ihren Bauch, und da bewegte sich ganz deutlich was in der kleinen „Tonne“.

Ich wollte es anfangs nicht glauben.

Dann legte ich die Hand noch einmal ganz bewußt auf, tatsächlich: Es strampelte und zappelte darin.

Es gab keinen Zweifel, Julchen war schwanger!

„Wie konnte das geschehen?“ war meine erste Frage.

Nie ging sie ohne Katerchen aus, und der paßte auf sie auf – niemand, keiner käme an sie ran, hatte ich immer gedacht.

„Tja“, gestand mein Futtermeister Sichting, ihm war es sichtlich peinlich, „an einem Abend war die Jule nicht da. Alle Stunde habe ich nachgeguckt und das kleine Luder draußen gerufen.

Aber irgendwann mußte ich ja auch ins Bett.

Am nächsten Morgen stand sie frisch und munter wieder an ihrem Futternapf. An den folgenden Tagen war sie immer pünktlich da, und ich konnte jede Nacht die Klappe schließen!“

„Aha“, nun war mir alles klar. Ein „Nächtli“ reicht ja bekanntlich aus, dann ist der Fall perfekt.

Wie perfekt, war bereits wenige Tage später zu sehen.

Gleich morgens, es war zufällig an meinem Geburtstag, begann Julchen, ihr „Geschenk“ vorzubereiten.

Laut mauzend und sehr unruhig lief sie ständig vor dem Kleiderschrank im Schlafzimmer auf und ab.

Gefährlich kratzend grub sie plötzlich sehr ungeduldig ihre Krallen in das teure Möbelstück.

Sie wollte unbedingt da hinein! Geistesgegenwärtig legte

ich ihr schnell ein altes Handtuch unter und baute aus ein paar dicken Wollsocken ein molliges Nest.

Als ziemlich normal gebautes Weibchen genügten einige Wehen, und das erste kleine nasse Wesen schlüpfte aus ihrem Körper. Ich war vollkommen ratlos, das winzige, einfarbige graue Etwas, was da vor mir lag, ähnelte eher einer Maus, als der hübschen „Tigerin-Mutter“.

Es mußte sich allerdings um eine besondere Art Maus handeln, denn auf dem winzigen Brüstchen leuchtete ein großer weißer Latz, vielleicht eine „Latzmaus“?

Julchen schien mit ihrem Ableger zufrieden und handelte seelenruhig wie eine erfahrene Mutter.

Mit aller Gründlichkeit leckte sie ihr Kleines fachgerecht trocken und fraß scheinbar mit großem Appetit das komische Gebilde, ein winziges Fleischstückchen, die Nachgeburt, auf.

Gespannt wie ein Flitzebogen verfolgte ich den gesamten Verlauf aus allernächster Nähe.

Konnte ich auch, denn auf Julchens Verlangen hin mußte ich mit im Kleiderschrank sitzen.

Mit lautem Knurren und quengeligem Mauzen zwang sie mich regelrecht, in ihrer Nähe zu bleiben.

So giftig und aufgebracht hatte ich sie noch niemals erlebt.

Wie das an einem Menschengeburtstag üblich ist, klingelte und klingelte das Telefon. Folglich mußte ich aufstehen und hin.

Kaum hatte ich jedoch den Hörer in der Hand und „gute Wünsche“ entgegengenommen, stand auch schon Jule mitsamt ihrer grauen Maus im Schnäuzchen neben mir und holte mich zurück.

„Jule“, schimpfte ich, „geh in deinen Schrank!“

Sie aber blieb stur sitzen, legte das Kind auf den eiskalten Fliesenboden, mir direkt vor die Füße.

Nach dem Motto:

„Gut, wenn du riskieren willst, daß dieses Kind krank wird, dann telefoniere ruhig weiter!“

Außerdem gab sie mir durch energisches Geschimpfe zu verstehen, daß ich als Hebamme gefälligst an meinem Platz zu bleiben hätte.

Tatsächlich gab sie erst Ruhe, als wir drei wieder im Schrank saßen.

Gottlob weilte zu dieser Zeit Freundin Vera aus Berlin zu Besuch.

Ehe Vera richtig begriff, fungierte sie bereits als Sekretärin und nahm die Anrufe entgegen.

Für sie ein Höllenspaß!

„Nein, leider kann das Geburtstagskind nicht ans Telefon kommen. Sie sitzt im Kleiderschrank und kriegt ein Kind“, krähte sie jedesmal voll Wonne in den Hörer.

Nachdem man sich am anderen Ende vom ersten Schock erholt hatte, klärte sie die Sache auf.

„Nein, nein, die Katze kriegt Junge, und die besteht darauf, daß Brigitte mit im Schrank sitzen bleibt!“

„Ach so“, atmete man erleichtert auf, denn fünfzig Prozent der Anrufer neigten im ersten Augenblick zu der Überzeugung, ich hätte vielleicht nicht mehr alle Tassen im Schrank.

Gegen Nachmittag setzte der zweite Geburtsvorgang ein, und die zweite Maus glitschte auf diese Welt.

Wieder ein einfarbig graues, mausähnliches Gebilde mit ebenfalls weißem Latz.

Bis zu diesem Tag hatte ich noch nie einer Katzengeburt beigewohnt, deshalb hoffte ich in meiner Unerfahrenheit:

Vielleicht kommen ja die Streifen irgendwann noch ...

Gleich von Anfang an konnte man die unterschiedlichen Charaktere der „Mausekatzen“ erkennen.

Beim Erstgeborenen handelte es sich um ein intelligentes, selbstbewußtes Wesen, denn kaum, daß es von Julchen geleckt und geputzt ward, robbte es schnurstracks auf Mutters Zitzen zu.

Es war ein Weibchen, ein flinkes Bienchen, so hatte sie gleich ihren Namen weg.

Das andere kleine Geschöpf, ein Junge, genannt „Basti“, war ein kleiner Dussel vom ersten Augenblick seines Lebens an.

Prompt wälzte er sich kurz nach der Geburt in die falsche Richtung und versuchte, an den alten Socken zu nuckeln, nur weil er die Mutter nicht fand.

Bevor er allerdings ganz aus dem Nest fiel, schubste Julchen ihn mit geschickter Pfote zurück und in die Nähe ihrer Zitzen.

War ja auch viel verlangt, mit fest geschlossenen Augen gleich die große Welt zu erobern.

Von dem Augenblick an, wo die Kinder friedlich vereint an den Zitzen nuckelten, war ich für Julchen gottlob ohne Interesse und als Hebamme entlassen.

Endlich konnte ich den Schrank verlassen und wieder am menschlichen Leben teilnehmen.

***

„Wie konnte das geschehen?“ hatte Frauchen gefragt ...

Diese Frage kann ich sehr genau beantworten.

Dr. Sichting war an diesem Abend früher gekommen, ganz fein gemacht war er, hatte wohl eine Verabredung.

Er hatte die Klappe zugemacht und ist erst am nächsten Morgen wiedergekommen.

Von wegen „alle Stunde nachgeguckt“, der hat Frauchen was vom Pferd erzählt.

Jule war folglich ausgesperrt und ich eingesperrt, und deshalb konnte ich ihr auch nicht helfen.

Ich darf gar nicht daran zurückdenken, wie Julchen geschrien hat, als sie der Kater aus der Nachbarschaft vergewaltigt hat.

Das arme Mädchen ist mir am nächsten Morgen nur noch weinend in die Pfoten gefallen.

Aber was sollte ich tun? Es war zu spät – war geschehen.

Der Vater

Putzige Tage bescherten mir die Katzenbabys, zudem war Julchen eine hervorragende Mutter. Sie blieb beinahe unentwegt bei ihren Kindern, gerade für die notwendigsten Verrichtungen verließ sie kurz den Schrank, den sie nach wie vor bewohnte.

Die Kinder entwickelten sich kolossal.

Wenn sie anfangs auch mehr Ähnlichkeit mit kleinen Rollmöpsen hatten, so rutschten sie nach einer Woche jedoch langsam in den Bereich „Säugetiere".

Als Maulwürfe beispielsweise hätte man sie schon gut anbieten können.

Wieder eine Woche später konnte man bereits katzenähnliche Merkmale feststellen, wie beispielsweise winzige weiße Barthaare an rosa Schnäuzchen.

Trotzdem gelang es, sie auseinanderzuhalten, denn Bienchen schnupperte mit einem kleinen schwarzen „Riecher", und Basti verfügte über eine rosafarbene Nase.

Die Entwicklung vollzog sich mehr und mehr von häßlichen Entlein zu stolzen Schwänen.

Während die winzigen weißen Pfoten mit rosa Ballen beim Milchtritt ordentlich auf der Mutter herumtrampelten, wurden die kleinen Köpfe immer ausgeprägter und putziger.

Nach wie vor war allerdings das Rätsel der Vaterschaft ungelöst.

Viele Kater hatten sich im Garten gezeigt, rot getigerte, grau gestreifte, aber keiner war einfarbig grau, mit Latz.

Es geschah an einem Dienstag: Julchen ließ gerade ihre kleine Rasselbande direkt an der Terrassentüre herumtollen und achtete mit Argusaugen darauf, daß keines durch die Klappe flutschte.

Da stand plötzlich „er" direkt vor dem Fenster und schaute ganz bewußt hinein, als hätte er sich eigens auf den Weg gemacht, einmal den Nachwuchs zu begutachten.

Und es war zweifelsfrei sein Nachwuchs!

Daran gab es nichts zu rütteln und zu wackeln: Basti schien ihm komplett aus Gesicht, Latz und Pfoten geschnitten zu sein.

Die Katzenkinder unterbrachen ihre Toberei, als hätten sie ihren Vater erkannt.

Mit großen, noch blauen Augen bestaunten sie ihren feinen „Papi".

Auch Julchen kriegte aufmerksame, huschige Augen und schlug den Blick nieder.

Die ganze Vorstellung war von kurzer Dauer, unmerklich, wie „er" kam, so schnell verschwand „er" auch wieder.

Ich überlegte, vielleicht noch schnell den Photoapparat zu holen, da schnellte seine graue Schwanzspitze aber auch schon um die Ecke, und aus war der Traum.

Von jenem Tag an befragte ich systematisch straßauf, straßab die Nachbarschaft nach diesem außergewöhnlichen Kater ...

Dabei geht das viel einfacher, denn ist es doch eine alte Weisheit, daß man die neuesten Neuigkeiten und Sensationen taufrisch nur beim Frisör oder Bäcker erhält.

Deshalb berichtete ich bei meinem nächsten Bäckerbesuch von meinem drolligen Nachwuchs und dem seltsamen Besuch. In der Hoffnung alles zu erfahren.

„Das kann nur Schröder gewesen sein!“ meinte eine Kundin ganz spontan.

„Schröder?“

„Ja, Schröder von der Tankstelle. Der Kater gehört zu der grünen Tankstelle zwei Straßen weiter!“

„Ach was“, meinte ich, „aber die Besitzer der Tankstelle heißen doch Menke!“

„Nun, ganz einfach, der Kater heißt nun mal nicht Peter oder Morle, sondern Schröder, weil er einem gewissen Herrn Schröder absolut ähnlich sieht!“

Das war es, jahrelang hatte man „Schröder“ in unserer Nähe nicht gesehen, ganz einfach deshalb, weil er zu viele Straßen überqueren mußte.

Und ein kluger Kater versagte sich eben solche Abenteuer.

Allein für Julchen hatte er Kopf, Kragen und Leben riskiert.

Von nun an lebte er sehr gefährlich, denn er steckte alle paar Tage die Nase um die Ecke, als wollte er die Aufzucht seiner Kinder lückenlos überwachen.

Allerdings gab's da nicht viel mit Gucken und Verweilen. Kasimir duldete die Rumschnüffelei nicht. Immerhin fühlte er sich als „Ziehvater“ dieser Kinder voll verantwortlich.

Der schöne Schröder brauchte nur mit einer Pfote auf die Terrasse zu tippen, schon raste Kasimir wie ein fauchender Panther nach draußen.

Schröder dagegen war absolut friedfertig und flitzte wie ein geölter Blitz flugs heim zu seiner Tankstelle.

***

Frauchen spinnt „... auch Julchen kriegte aufmerksame, huschige Augen und schlug den Blick nieder ...“, wie kann man nur solch ein Gesülze schreiben?!

Das klingt gefährlich nach „Susi und Strolch“ von Walt Disney.

Außerdem hat Julchen für diesen Schröder, jenen nichtsnutzigen Herumtreiber, keinerlei Interesse. Der wahre Vater ihrer Kinder bin ich, und Jule liebt nur mich!

Der kann ihr noch so schöne Augen machen, sie weiß schon, was sie an mir hat.

Ich weiß nämlich aus einschlägig informierten Katzenkreisen, daß Schröder sich alles vornimmt, was nicht schnell genug auf dem Baum ist.

Dutzende von Kindern hat er auf diese Weise fabriziert.

Ich möchte mich in der Beurteilung dieses Kerls nicht steigern, sonst werde ich ausfallend.

Ein schöner Hallodri ist er. Der wildeste Rocker von der „Pfötchenbande“ wird er genannt. Deshalb ist mir Jules Liebe mehr als gewiß.

Sie hat für Abenteuer nichts übrig, ihre Seligkeit erfüllt sich erst, wenn sie mit mir auf dem Sofa liegt und die Kinder um uns herumhoppeln.

Die kunterbunte Kinderstube

Welch beschaulich ergötzlicher Anblick, Julchens Nukkel- und Schmuserunde mit ihren kleinen Rackern!

Doch langsam, langsam kam Leben in den alltäglichen Trott.

Denn nicht nur Augen, Ohren, Nasen entwickelten sich größer und deutlicher, auch die kleinen Beinchen wurden kräftiger und raumgreifend, sprungfreudiger.

Nachdem man den Fußboden unter Sofa, Sesseln und Schränken ausgiebig erobert hatte und „Staubhäubchen" tragend wieder herauskroch, ging's an höhere Etagen.

Klimmzüge an Regalen, Stühlen und Tischbeinen waren gefragt.

Ganz besonderer Beliebtheit erfreuten sich Gardinen.

Wie kleine Affen krallten sie sich hoch, bis nichts mehr ging.

Binchen schaffte sogar Klimmzüge hinter der fest eingebauten Schrankwand.

Mit viel Geschick hatte sie sich in dem Spalt von Wand und Schrank hochgearbeitet. Als sie genau in der Mitte hinter dem Schrank angekommen war, geriet sie in Panik und schrie gottsjämmerlich erbärmlich.

Im ersten Schreck versuchte ich mit bloßen Händen, die drei mal fünf Meter große Schrankwand zu rücken.

Hilfesuchend rannte ich zu meinen Nachbarn.

„Die Wand müssen wir abbauen", meinte der eine.

Ich hatte schon Hammer, Säge und Zange in der Hand, war zu allem bereit.

„Moment", meinte Dr. Sichting, „wozu bin ich Arzt?"

„Tupfer, Skalpell, Stethoskop!" horchte er die Rückwand des Schrankes ab.

Auf diese Weise ortete er genau den Punkt, wo Binchen festhing.

Ein Stück daneben sägte er vorsichtig ein Loch ins Holz, krabbelte wie bei einer Herzoperation mit seinen schlanken Chirurgenhänden hinein, und schon war Biene ein zweites Mal geboren – diesmal mit „Kaiserschnitt".

Anschließend fummelte Dr. Sichting als guter Operateur das Stück Holz mit etwas Kleber wieder hinein.

Nichts war mehr zu sehen.

Damit solch eine „Geschichte" nicht noch mal passierte, stopfte ich alle Ritzen unter und neben dem Schrank aus.

Irgendwann muß mal eine alpine „Bergkatze" in der Ahnenreihe dieser Klettermaxen gewesen sein, denn kribbel, krabbel ging es stets hoch hinaus.

Wie gesagt hinauf ging's schnell, nur runter ergaben sich noch kolossale Schwierigkeiten.

Bis zu hundertmal fand man sie im oberen Regal des Schrankes wieder.

Ängstlich quakend wollten sie dann gerettet werden!

Basti schrie besonders laut, denn ein einziges Mal wagte er den Sprung vom Schrank, und dabei war er so unglücklich auf seinem rosa Schnäuzchen gelandet, daß er auf eine Wiederholung verzichten konnte.

Wenn die beiden allerdings Fangen über Sofa und Sessel spielten, purzelten und knallten sie manchmal ganz schön unsanft auf den harten Boden, ohne einen Laut der Klage.

„Plumps", bollerte es dann alle paar Minuten, doch fix rappelten sie sich wieder auf, und flugs ging die Raserei von vorne los. Selbst Mutter Julchen und Vater Kasimir wurden dabei rücksichtslos überrannt.

Wenn diese Rasephase auf Hochtouren lief, brachte man sich am besten in Sicherheit.

Insbesondere nackte Großzehen lebten dann gefährlich.

Meine konnten ein sehr schmerzhaftes Lied davon singen. Die Zähnchen dieser possierlichen Miezekatzen waren nämlich spitz wie Nadeln und konnten tüchtige Löcher reißen.

Bei allem Übermut, den die beiden ziemlich rüpelig heraustobten, zeigten sie sich mitunter auch als sehr kluge und guterzogene Katzen.

Die Sache mit dem Katzenklo beispielsweise klappte vom ersten Augenblick an perfekt wie am Schnürchen.

Basti scharrte derart ordentlich sein Häufchen weg, daß drei Meter im Umkreis jedem das Streu um die Ohren flog.

Binchen liebte die Buddelei im Klo gleichermaßen, sie grub ein Loch bis auf Grund und strullte dann laut hörbar in den fein ausgearbeiteten „Krater“.

Die Kinder wurden zusehends größer, gingen auf immer neue Entdeckungsreisen und entdeckten eines Tages dank ihrer übergroßen Neugierde die Katzenklappe.

„Klipp, klapp“, machte es, und schon standen sie draußen.

Neugierig hoben sie die Näschen in den Wind und schnupperten den Duft der großen weiten Welt.

Noch tolpatschig, taperten sie schräg über die Terrasse.

Kasimir, der bis dahin ganz geruhsam auf seinem Stuhl gelegen und halb schlummernd aus den Augenwinkeln alles beobachtet hatte, geriet in Panik, als er die beiden plötzlich außerhalb der Scheibe erblickte.

Wie ein geölter Blitz sauste er hinterher.

Draußen angekommen, schlich Kasimir ständig um die beiden herum, als wollte er einen Zauberkreis um seine Schützlinge legen.

Da die kleinen Flitzefritzen stets den Drang in die Höhe verspürten, erklommen sie im Affenzahn die Birke gleich neben der Terrasse.

Kasimir war mehr als froh darüber: Da sollten sie man ruhig klettern, bei dem kleinen Baum konnten sie nicht sehr hoch hinaus.

Geduldig wie ein Löwenvater blieb er unter dem Baum sitzen und hielt die kleine Bande gezielt in Schach, indem er sie immer wieder hoch auf den Baum scheuchte.

Für den ersten Ausflug reichte das, so konnten sie sich erst einmal an die frische Luft gewöhnen.

Um Kasimir etwas zu entlasten, holte ich nach einer Weile die Racker vom Baum herunter und schloß für den Rest des Tages die interessante Klappe.

Aber mit der Entdeckung der Klappe brach für die beiden ein neuer Lebensabschnitt an.

Die weite Welt, das hatten sie schnell kapiert, gestaltete sich weitaus interessanter als das kleine Wohnzimmer, das sie seit ihrer Geburt nicht verlassen hatten.

Immer wieder kratzten, knabberten und pulten sie an der Klappe herum in der Hoffnung, daß sich dieses Tor zur Wunderwelt erneut öffnen würde.

Ich gab nicht nach, denn schließlich wußte ich um die Gefahren in dieser abenteuerlichen Welt.

Gleichzeitig wurde mir allerdings auch ein bißchen weh ums Herz, denn irgendwann gingen sie ja doch raus, und draußen konnte ich sie nicht mehr so intensiv beschützen wie in diesem Zimmer.

Aber das war nun mal der Lauf der Zeit, und schließlich müßten sie sich, mit Kasimirs und Julchens Hilfe, zurechtfinden.

***

Frauchen hat Nerven wie Drahtseile, da sollte ich mich nicht aufregen!

Die beiden Kleinen waren schlimmer als ein Sack Flöhe,

Frösche oder sonst was.

Während die kleinen Dinger fröhlich auf ihrem Baum im Garten umherhüpften, toste etwa zwanzig Meter hinter uns der Lärm einer Hauptverkehrsstraße mit Lkws, Pkws, Taxis, Motorrädern und sonstigen motorisierten Monstern. Reicht das als Erklärung für meine Sorge?

Fast eine Familie

Fast eine Familie

Kasimir hatte, seit er zu mir gehörte, mein Leben wundersam bereichert und gab mir dank seiner souveränen Art ein Gefühl von Geborgenheit. Ich will nicht übertreiben, aber ich fühlte mich durch ihn beschützt.

Immer gleichbleibend schmusig gelaunt, empfand ich ihn als Brunnen der Zärtlichkeit, aus dem man, wann immer man wollte, schöpfen konnte.

Allein sein langsamer, etwas schlaksig-behäbiger Gang strahlte eine Ruhe und Gelassenheit aus, die sich auf mich übertrug.

Manchmal, wenn mir dieses ach so schwere Leben über den Kopf wuchs, vergrub ich mein Gesicht in seinem blauschwarzen Fell und jammerte alles in ihn hinein.

War der Kummer dermaßen groß, daß sogar dicke Krokodilstränen seinen Pelz benetzten, dann leckte Katerchen tröstend meine Stirn, knabberte liebevoll an meinem Pony, und die Welt war wieder völlig in Ordnung.

Für sämtliche Sorgen, die ich in ihn hineinheulte, zeigte er Verständnis.

Und was ganz wichtig war: Er hatte immer Zeit, gepaart mit absoluter Geduld.

Auch Julchen war eine liebevolle Bereicherung, mit der gleichen Bereitschaft, stets nach Herzenslust zu schmusen.

Wenn man die elegant gestreifte Tigerin auf den Schoß nahm und hinter den Ohren kraulte, wurde bei ihr ein Feuerwerk an Zärtlichkeiten ausgelöst, dem man kaum widerstehen konnte.

Da gab es dann Köpfchenstubsen, zartes Kinnbeißen und Trampelpfötchen mit genußvoll zusammengekniffenen Augen.

Solche Aktionen wurden zusätzlich von lautem Schnurren, fast Gurren, begleitet, daß es nur so vibrierte.

Da Julchen nie ein Ende fand, mußte man sich schließlich erschöpft aus der Umklammerung befreien.

Andererseits konnte es aber auch passieren, daß sie die Lust verlor, plötzlich unwillig knurrte und „pitsch" mit flinker Pfote Schläge verteilte.

Vor sich hinmeckernd sprang sie dann vom Schoß und ward eine Weile nicht mehr gesehen.

Mit anderen Worten, sie war sehr lieb und nur manchmal zickig.

Hin und wieder direkt unberechenbar, mitunter einen ganzen Tag lang schlecht gelaunt.

Wenn Katerchen als eine Art Partner für mich galt, bedeutete Julchen mir soviel wie eine Schwester.

Die Kinder Basti und Bienchen waren einfach lieblicher Mittelpunkt in dieser Familie.

Bienchen, immer etwas scheu und zurückhaltend, zeigte sich nur zu bestimmten Zeiten kuschelig und anlehnungsbedürftig.

Sie entwickelte sich stark zur Einzelgängerin, Basti dagegen immer mehr zu einer drolligen Socke.

Von Geburt an ein bißchen trottelig geraten, war er beispielsweise nie in der Lage, seine Nase von Essensresten zu befreien. Deshalb mußte man ihm nach jedem Fressen erst einmal die Nase putzen.

Wurde das vergessen, lief er den ganzen Tag mit einem dunklen Krümel auf dem hellen Näschen herum.

Dafür hatte er aber andere Fähigkeiten!

Beispielsweise konnte er nach einem Katzenvitaminbonbon wie ein Zirkushund mindestens 1,80 Meter aus dem Stand in die Höhe springen.

Weiterhin beherrschte er die Technik, Papierknüddel, die man quer durchs Wohnzimmer kullerte, erstens wie der Blitz einzufangen und zweitens zu apportieren.

Auf das Kommando:

„Leg hin!“, legte er einem das „Knüddelchen“ sogar vor die Füße.

Alles tolle Sachen, die allerdings sehr wenig mit einer normalen Katze zu tun hatten und auch weiter keinen sittlichen Nährwert besaßen, weil bei mir kaum die Absicht bestand, irgendwann einen Wanderzirkus zu eröffnen.

Katzenübliche Verhaltensweisen lagen ihm fern, denn noch nie im Leben hatte er eine Maus gefangen.

Bienchen dagegen lieferte wahre Rekorde und legte mitunter drei, vier Stück in Reih und Glied vor der Schlafzimmertüre ab.

Eines Morgens trat ich, noch traumumnebelt, auf ein dikkes totes Exemplar – barfuß, versteht sich.

Naß und matschig glitschte die Maus unter meiner Fußsohle in die Breite.

Nach diesem Erlebnis habe ich mich den ganzen Vormittag vor Ekel geschüttelt.

Seither legte ich mir einen „Schlurfgang“, ähnlich einem Schlittschuhläufer, zumindest auf meinem Weg vom Schlafzimmer ins Bad, zu.

Kurzum, die vier Schmusebündel waren meine Familie, und wir lebten herrlich und in Freuden.

Allerdings nicht immer, denn es gab da so manche nächtliche Überraschung.

Eines Nachts donnerte und bollerte ein fürchterliches Gewitter über das Land.

Nicht schlimm, denn Gewitter fand ich schrecklich gemütlich!

Der ganze Himmel in wildem Aufruhr, und ich, ganz klein

in meine Kissen gekuschelt, schaute dem Schauspiel zu.

Wie ein himmlisches Feuerwerk erschienen mir solche Nächte. Manchmal, wenn Blitze taghell das Zimmer erleuchteten, konnte ich mir ein „Ah“ oder Oh“ grad noch verkneifen.

Da meine Katzen sicher und warm auf Sofa und Sesseln schlummerten, genoß ich diese Gemütlichkeit doppelt.

Dermaßen tief hatte ich mich in die Kissen gekuschelt, daß ich sogar mitten im tobenden Gewitter eingeschlafen bin.

Ich träumte wilde Geschichten – von Quellen, Bächen und Flüssen.

Kurzum: In meinem Traum war ein wildes Geplätscher und Geglucker.

Das Geglucker darin war sogar so laut, daß ich davon geweckt wurde.

Da ich in dem Traum unter größten Anstrengungen durch einen strudelnden Fluß schwimmen mußte, war ich froh und erleichtert, endlich erwacht zu sein, weil ich nämlich ruhig und trocken in meinem Bettchen lag.

Doch plötzlich wurde mir klar: Ich war zwar wach, aber das Geglucker hatte nicht aufgehört. Es gluckerte immer noch, und zwar in einer Lautstärke, als wäre es ganz dicht neben mir.

Ganz richtig – es war direkt neben mir!

Im Nu schoß ich in die Höhe und setzte beide Beine mit Schwung aus dem Bett:

„Iiiigitt!“ schrie ich erschreckt.

Knöcheltief stand ich in kühlem Naß! Meine ganze Wohnung stand unter Wasser.

Als ich an der Küchentüre vorbeikam, bot sich mir ein irres Bild:

Vier total entrüstete Katzentiere, die sich wohlweislich auf den Küchentisch gerettet hatten, schauten ihren scheinbar bis nach Amerika schippernden Futternäpfchen nach.

Trotz der außergewöhnlichen Situation benahmen sich alle sehr ruhig, Angst kannten sie offenbar keine.

Ich allerdings hatte Angst, denn ich konnte mir keinen Reim auf diese Wassermassen machen.

Dabei war die Sache einfach zu erklären: Es fiel, nein, schüttete sintflutartiger Regen vom Himmel.

Die Kanalisation konnte diese Massen nicht schaffen, und da das Haus etwas tiefer lag als die Straße, suchte sich das Wasser einen neuen Weg.

Plötzlich ging alles ganz schnell, die Feuerwehr rückte mit Pumpen und Schläuchen an und machte einen höllischen Lärm.

Mir blieb kaum Zeit, mich anzuziehen.

Zusätzlich bevölkerten Nachbarn meine Wohnung, um in aufopfernder Hilfe meine Habe zu retten. Schnellentschlossen nahm jeder, was ihm im Wege stand und trug es ins höher gelegene Treppenhaus.

Teppiche, Stühle, Schreibtisch, Bett, Sessel und Sofa gingen plötzlich auf die Wanderschaft.

Innerhalb weniger Minuten lag mein kompletter kleiner Hausstand über das gesamte Treppenhaus verstreut.

Die Feuerwehr pumpte das Wasser in großem Strahl aus der Wohnung, während weiterhin unentwegt dicker Regen vom Himmel klatschte.

Vom Donner, Pumpengedröhne und den Rufen der aufgeregten Menschen verschreckt, sprangen meine Katzen schließlich todesmutig vom sicheren Küchentisch und suchten das Weite.

Mitten durch die Beine der Pumpleute und Möbelträger flüchteten sie in das nasse Dunkel der Nacht.

Ich war entsetzt!

Meine paar Habseligkeiten interessierten mich von diesem Augenblick an überhaupt nicht mehr.

Besorgt rannte ich hinter meinen Katzen her.

Mein einziges Ziel lag darin, sie um jeden Preis wieder

einzufangen, um sie vor dem Inferno, welches draußen herrschte, zu beschützen.

Aber schnell wie geölte Blitze waren sie bereits über alle Berge.

Verzweifelt irrte ich durch den strömenden Regen. Zukkende Blitze erhellten die Szene und gaben mir für Sekunden Licht, vielleicht etwas zu erkennen.

Donnerknaller, laut wie Kanonenschüsse, pfiffen mir um die Ohren, konnten mich aber nicht erschüttern.

Ich lief und schrie aus Leibeskräften nach meinen Tieren.

Wie vergeblich meine Aktion war, wurde mir in Anbetracht des himmmlischen Getöses allerdings immer klarer.

Es war einfach meine Verzweiflung, die ich da aus mir herausschrie.

Wie sollte ich das fassen?

Vor einer knappen Stunde noch war unsere beschauliche kleine Welt absolut in Ordnung.

Wärme, gemütliche Sofaecken und ein weiches Kuschelbett bildeten den Mittelpunkt dieses Lebens, und nun stand ich von einem Augenblick zum anderen im Regen!

Um das Maß voll zu machen, schickte eine dicke Windböe zusätzlich eiskalte Schauer mit Hagelkörnern herab.

Meine Haare klebten triefnaß über meinem Gesicht, meine Kleider klebten am Körper.

Ich fühlte mich wie ein verlassenes Waisenkind in der Gosse, alles, was ich liebte, war fort.

Vor lauter Kälte und seelischem Kummer begann ich plötzlich wie Espenlaub zu zittern und fürchterlich mit den Zähnen zu klappern.

Trotz meiner Not war ich aufmerksam wie ein Fuchs in einer Winternacht.

Meine Augen versuchten, die Dunkelheit zu durchdringen, und mein Gehör lief auf vollen Touren.

Und tatsächlich!

„Miau“, hörte ich plötzlich ein winziges Stimmchen.

Meine Ohren wuchsen augenblicklich zur Größe von Rhabarberblättern.

Ein Lebenszeichen!

Zielsicher watete ich durch die Pfützen – immer dem Geräusch nach.

Auf diese Weise gelangte ich zum Gartenschuppen.

Tatsächlich – die Türe stand einen Spalt breit offen, gerade so, daß eine Katze hindurchschlüpfen konnte.

Ich ging hinein, und trotz Dunkelheit erkannte ich, daß sich alle vier hineingerettet hatten.

Ganz weihnachtlich war mir zumute.

Ich konnte die Genügsamkeit der Heiligen Familie nachempfinden, die in ihrer Not einen Stall als schönstes Heim ansah.

Der Gartenschuppen erschien mir in diesem Augenblick wie ein schillernder Palast.

Glücklich fiel ich auf die Knie und barg meine pudelnassen Ratzekatzen an meiner Brust, wie eine Glucke ihre Küken.

In dem allgemeinen Chaos der Rettungsaktionen hatte man mich gar nicht vermißt, und erst bei den Aufräumungsarbeiten fiel mein Verschwinden auf.

Einer der Retter fand mich dann schlafend, mit meinen vier Katzen im Arm, auf Torfsäcken im Gartenschuppen zwischen Schippen, Hacken und alten Blumenkästen ...

Drei Wochen blieb ich mit einer Kochplatte, vier Katzenkörbchen, einer Gartenliege, einem Suppentopf und vier Katzennäpfen in diesem paradiesischen Schuppen, denn so lange dauerte es, bis die Wohnung wieder hergerichtet war.

Die Katzen und ich, wir alle zeigten uns froh darüber, eine solch tolle Bleibe gefunden zu haben.

Die Katzen schätzten diesen Zustand als besonders glücklich, denn sie genossen es geradezu, Tag und Nacht hautnah mit mir zusammenzusein.

Alle Angebote, da oder dort bei Bekannten und Freunden zu schlafen oder zu wohnen, schlug ich aus.

Somit fanden sich Dr. Sichting und die anderen Mieter fast jeden Abend bei mir, im oder vor dem Schuppen, ein.

Mancher Besuch weitete sich sogar bis zur nächtlichen Grillparty aus, und alle beneideten mich um die schöne Zeit im Gartenschuppen.

***

Anfangs glaubte ich, alles sei zu Ende.

Denn in einer Wohnung, wo plötzlich alle Möbel auf Wanderschaft gingen und man sich Gummistiefel anziehen mußte, um Breckies zu knabbern, konnten wir nicht leben.

Darum gab ich das Kommando:

Ab in den Schuppen!

Das mit Frauchen tut mir ja fürchterlich leid, aber wie sollte ich sie in diesem Tumult informieren?

Die Belohnung für diese schrecklichen Stunden waren dann die herrlichen Wochen im Schuppen.

Frauchen ging in dieser Zeit nirgendwohin. Sie war Tag und Nacht an unserer Seite.

Welch ein Leben!

Von früh bis spät kuscheln, nichts als kuscheln.

Am Schluß waren wir uns alle einig: Wir wollten im Schuppen bleiben.

Allerdings haben wir es nicht geschafft, Frauchen davon zu überzeugen, denn auf die Dauer war die Gartenliege anscheinend zu knapp für vier Katzen und ein „kräftiges“ Frauchen.

Kastration mit Folgen

Katzen, Katzen, nichts als Katzen. Überall, auf jedem Stuhl, in jedem Sessel, schnurrte eine.

Wer bei mir Platz nehmen wollte, mußte ihn sich erst erkämpfen.

Kaum jemand, der nicht beim Anblick dieser friedfertigen Schmusebündel in arge Konflikte geriet, denn die Idylle zu stören, brachte niemand übers Herz.

Beim Versuch, die Schläfer vom Stuhl zu scheuchen, hatte man allerdings auch wenig Erfolg, denn die Reaktion war gleich Null.

Kippte man den Stuhl leicht an, krallten sie sich wie Kletten am Sitz fest, und folglich gab man auf, suchte sich eine andere Sitzgelegenheit.

Deshalb und auch anderer Dinge wegen wurde es in der kleinen Wohnung langsam ein bißchen eng.

Schließlich versuchte ich, weiterer Vermehrung vorzubeugen.

Julchen hatte ich gleich nach der Geburt ihrer Kinder operieren lassen.

Bei Basti und Biene wartete ich ein Jahr, und dann kam unweigerlich der Tag „X“.

Schon bei Julchen fühlte ich mich wie eine Mörderin. Der Gedanke, mit diesem Eingriff den Tieren einen Teil ihres normalen Katzenlebens zu stehlen, quälte mich unaufhörlich.

Trotz aller Zweifel schaffte ich es aber trotzdem irgendwie, die beiden Katzen in ihrem Transportkäfig beim Tierarzt abzuliefern.

„Sie können ruhig in der Zwischenzeit in der Stadt einkaufen", hatte die freundliche Sprechstundenhilfe gemeint und mir meine „Kinder" abgenommen.

Mir war, als hätte ich Schafe auf die Schlachtbank geliefert.

Völlig orientierungslos rannte ich wie ein aufgescheuchtes Kaninchen im Gewühl der geschäftigen Menschen umher.

Anstatt Eier, Butter, Brot und Käse, was dringend benötigt wurde, zu besorgen, verirrte ich mich in einen Laden für Modeschmuck.

Dort erstand ich eine silbrig-goldbunte Kette – ein scheußliches Gebilde.

Dabei trug ich nie und nimmer solchen Hängeschmuck.

Warum tat ich dies also?

Ganz einfach! Ich mußte mich jemandem anvertrauen, mußte mein Leid teilen.

Und aus diesem Grunde hatte ich die Verkäuferin – auf dem Umweg über das Wetter und das Leben im allgemeinen – in ein Gespräch verwickelt. Geschickt lenkte ich das Thema erst auf mich, dann auf meine Katzen und schließlich auf meinen augenblicklichen Kastrations-Kummer.

Geduldig hörte sie mir zu, und da selbst Besitzerin einer Katze, hatte ich sehr bald ihr Mitgefühl, und allein das war mir wichtig, sonst gar nichts!

Ich hatte sie schändlichst als Psychiater mißbraucht, und anstatt Honorar zu zahlen, kaufte ich jene Klunker.

Solche Stütze hatte ich allerdings auch bitter nötig, denn als ich meine „Opfer" abholte, traf mich fast der Schlag.

Meine stolzen, sonst fellglänzenden Kinder lagen in ihren Gitterkisten wie zwei nasse Lappen.

Die Augen weit aufgerissen, stierten sie glasig in eine imaginäre Ferne. Die Bäuche teilweise rasiert und mit kleinen Nähten verziert, rochen sie dazu fürchterlich nach Pipi.

Zu Hause angekommen, sperrte ich die frisch operierten Katzen ins Bad.

Kaum hatte die Narkose ihre Wirkung verloren, versuchten die zwei nämlich wackelnd und schaukelnd wie Betrunkene, aufzustehen und loszulaufen.

Doch vollkommen „durmelig" durch die Medikamente, wollte ihnen diese Aktion nie gelingen, und jedesmal fielen sie gleich wieder um.

Nach ein paar Tagen hatten sie sich aber wieder ganz gut erholt.

Eine Woche später kam der Arzt sogar höchstpersönlich ins Haus, um die Fäden zu ziehen, denn er hatte in der Nähe zu tun.

Ich freute mich über diesen Service, doch vielleicht wäre es besser gewesen, wenn wir ordnungsgemäß in seine Praxis gefahren wären.

Denn etwas Schreckliches passierte: Es war kein großer Eingriff: mit der Pinzette wurden die Fäden ein bißchen über der Wunde hochgehoben und dann – „knips" – mit einer Schere abgeschnitten.

Normalerweise eine Sache von Sekunden.

Bienchen war als erste dran, sie war leicht zu halten, und nachdem die kleine Prozedur erledigt war, hüpfte sie vom Tisch und rannte durch die Klappe nach draußen – bloß weg von diesem schrecklichen Mann, der immer piekst und schnipselt.

Basti dagegen strampelte wie eine Bestie und mußte erst in ein Handtuch gewickelt werden, damit man ihn halten konnte.

Anschließend ließ er sich erschöpft aufs Sofa plumpsen und blieb für den Rest des Tages dort liegen.

Gegen 19.00 Uhr war Futtertime, und zu diesem Zeitpunkt kehrten bekanntlich alle von ihren Ausflügen heim. Danach wurde die Klappe geschlossen, und die Nacht konnte beginnen und alle waren gut verwahrt.

Kasi, Jule und Basti stellten sich pünktlich ein.

Nur Biene fehlte.

Sofort überfiel mich eine unbeschreibliche Angst.

Ich lief in den Garten, auf die Straße, rief, pfiff. Die Leute schauten bereits aus den Fenstern, um zu sehen, wer da einen solchen Lärm machte.

„Sie wird schon kommen“, tröstete ich mich.

Sie kam aber nicht!

Wo sollte ich auch im Dunkel der Nacht suchen?

Zudem war es eiskalt. Frost war angesagt.

Schlaflos wälzte ich mich die ganze Nacht in meinem Bett.

Als sie am nächsten Morgen immer noch nicht erschien, lief ich überall zu den Nachbarn, ob man sie vielleicht aus Versehen eingesperrt hätte.

Nichts!

Schließlich führte mich mein Weg in die Gaststätte gleich nebenan.

„Ach, gut, daß Sie kommen“, meinte der Wirt, „ich wollte Sie schon anrufen, Sie haben doch zwei graue Katzen mit weißem Latz?“

„Ja.“ Für einen Augenblick hüpfte mein Herz vor Freude.

Das hörte sich ganz nach Nachrichten von Bienchen an.

„Gestern sind hier, etwa gegen 16.00 Uhr, zwei Frauen reingekommen und haben berichtet, eine kleine graue Katze sei aus der Hecke, hier gleich bei uns, auf die Straße gelaufen.

Direkt in ein Auto sei sie gelaufen.

Sie war auf der Stelle tot!

Die beiden Damen und der Autofahrer haben das Tier von der Fahrbahn genommen und in die Hecke gelegt.

Ein schöne Katze und so gepflegt, haben die beiden Damen noch bemerkt.

Sie haben das bei mir gemeldet, falls das Tier von seinem

Besitzer gesucht wird!“

Diese Nachricht traf mich wie ein Keulenschlag.

Bunte Bilder sonniger Katzenkindertage schossen mir wie bunte Blitze durch den Kopf.

Nun das, ... Bienchen tot!

„Danke“, konnte ich nur noch mit tränenerstickter Stimme herauswürgen, dann lief ich zu der benannten Stelle.

Da lag sie, meine kleine Maus.

Die Operationswunde am Bauch war ein bißchen aufgerissen, sonst konnte ich keinerlei Verletzung entdecken.

Lang ausgestreckt und vom Frost steifgefroren, wirkte sie wie ein Brett.

In den Korb, den ich vorsorglich mitgebracht hatte, ging sie nicht hinein.

Nie in meinem Leben hatte ich mich hilfloser gefühlt als in diesem Augenblick.

Das kleine Baby, das warm und feucht einst in meine Hand geboren wurde, lag nun kalt und leblos vor mir.

Laut schluchzend klemmte ich das gefrorene Bienchen unter den Arm und ging heim.

Klaus war meine einzige Rettung. Mit viel Kraft hackte er mühselig, mit einer Spitzhacke bewaffnet, ein kleines Grab in den steinharten Boden.

„Is’ doch nur ’ne Katze, hör’ auf zu flennen“, tröstete er mich in seiner etwas groben Art.

Doch ich konnte meinen Schmerz nicht verwinden.

Während er sich wie in einem sibirischen Fronteinsatz abquälte, hielt ich liebevoll die tote Katze im Arm und streichelte immer und immer wieder über die winzige schwarze Ledernase, als könnte ich dem geliebten Wesen neues Leben einflößen.

Trotz der Kälte lief Klaus der Schweiß die Stirn herab, so hart hatte er mit dem Boden gekämpft.

Dann kam der Augenblick, wo ich Bienchen, die ich in eine Decke gewickelt hatte, in die Erde abgeben mußte.

Ich hätte schreien können, doch meine Stimme versagte.

In diesem Moment fühlte ich mich selbst kalt und leer.

„Is' doch nur 'n Tier, die hat jetzt ihren Frieden", tröstete Klaus mich abermals und wischte sich selbst klammheimlich eine Träne weg, als er die schwere Erde in das Loch zurückschob.

Keine noch so guten Worte hätten mich in diesem Augenblick trösten können.

Obwohl mir ja schließlich drei treue, wunderbare Katzen geblieben waren, breitete sich eine unheimliche Stille in der Wohnung aus, die Fröhlichkeit der unbefangenen Kindertage war plötzlich wie weggeblasen.

In diesem Augenblick wurde mir klar: Es war einfach kein Zustand, mit so vielen Katzen in der Nähe einer dermaßen stark befahrenen Straße zu wohnen.

Also beschloß ich, mich nach etwas anderem umzusehen.

***

Bienchens Tod hat uns alle drei erschüttert. Ich mußte in meiner großen Trauer auch noch stark bleiben und Jule und Basti trösten.

Nicht nur, daß Bienchen die schönste Katze war, die ich je gesehen hatte, denn ihr Fell war ganz dicht, dunkelgrau und ihre Augen dazu orange, wie zwei kleine Mandarinen.

Sie blieb immer sanft, zärtlich, verletzlich, wie eine kleine Elfe. Nie hatte ich irgendwelche Probleme mit ihr.

Sie war mir eine wahre Tochter.

Die ersten Tage danach bedeuteten kein Zuckerlecken, denn auch auf Frauchen mußte ich aufpassen. Vor lauter Kummer stopfte sie eine Menge Schleckereien in sich rein. Schokolade, Nüsse und viel kalorienreichen Kram.

Ich hatte Angst, denn sie war ganz schön pummelig geworden. Wenn sie sich dauernd neue Garderobe kaufen mußte, insbesondere Hosen, weil ihr Hinterteil immer dikker wurde, dann ging das heftig ins Geld, und das war sowieso schon ständig knapp.

Nur langsam kehrte der Alltag wieder ein.

Erst als Frauchen den vierten Napf, den sie trotz Bienes Tod immer noch aufgestellt hatte, entfernte, waren die Tage der vielen Tränen vorbei.

Wir ziehen in ein neues Haus

Und wie schnell hatte ich eine Lösung gefunden!

Ein kleines Haus mit großem Garten, mitten in einer zauberhaften Landschaft, umgeben von Feldern, Wäldern und weiten Wiesen mit ganz vielen Mäusen, daß es nur so piepte und krabbelte.

Besser ging es gar nicht. Es war ein Katzenparadies allererster Güte. Im Haus nebenan wohnte glücklicherweise meine Mutter, somit hatte ich gleich eine zuverlässige Hilfe, wenn ich meine Lieblinge mal kurz alleine lassen mußte.

Mutter freute sich auf „uns“, denn von nun an war sie nicht mehr alleine.

Dann kam der Tag des Umzugs.

Meine paar Sachen hatte ich mit der Bahn vorausgeschickt. Lediglich ein paar Zimmerpflanzen, die Katzen und meine Handtasche packte ich ins Auto, und ab ging die Post!

Das hört sich einfacher an, als sich diese Prozedur praktisch gestaltete.

Die Zimmerpflanzen plazierte ich als eine Art grüne Grenze zwischen hinterer Ladefläche und Fahrersitz.

Die Ladefläche dagegen hatte ich in einen Katzenbolzplatz mit Klo, Freßnäpfen und Liegeplätzen umgebaut, damit es den Tieren während der Fahrt an nichts fehlte.

Die drei in Transportkäfige gesteckt, hätte ich mir diese Mühe sparen können.

Aber das war unmöglich, denn alle drei schrien fürchterlich, wenn sie nur für wenige Augenblicke in diese Dinger eingesperrt wurden. Auf einer langen Fahrt wie dieser, über mehrere Stunden, das hätte ich nervlich nicht ausgehalten.

Deshalb riet Dr. Sichting, den Tieren ein Beruhigungsmittel zu geben, dann würden sie während der Fahrt schlafen und nichts merken.

Er sprach aus Erfahrung, denn er hatte selbst eine Katze und war mit ihr schon viel herumgereist.

Dreißig Minuten vor der Abfahrt sollte ich die Tabletten verteilen.

Ich gab sie, und man nahm sie. Kein Wunder, ich hatte sie raffinierterweise in pures Tatar gewickelt, auf das sich alle mit Heißhunger stürzten.

Die Wirkung trat sehr schnell ein, allerdings nicht ganz, wie ich es erhofft hatte.

In meiner Vorstellung nahm ich an, alle drei würden friedlich zur Seite sacken und sich gemütlich in tiefem Dämmerzustand ins Auto tragen lassen.

Genau das Gegenteil geschah.

Die ganze Bande geriet in einen panikartigen Zustand.

Irgendwie merkten sie, daß etwas mit ihnen geschah, bloß was, wurde ihnen nicht klar.

Schließlich versagten ihnen ihre Beine den Dienst, was sie so verunsicherte und verängstigte, daß sie flüchten wollten, aber wovor und wohin, wußte keiner.

Deshalb sprangen und torkelten sie vollkommen ohne Orientierung durcheinander, wie eine Horde Osterhasen, die zuviel Weinbrandeier genascht hatte.

Sie einzufangen, war schier unmöglich. Wenn man nur den Versuch machte, sie anzufassen, fauchte selbst Katerchen, der sonst noch nie im Leben mir gegenüber böse Reaktionen gezeigt hatte.

Sämtliche Krallen hatte er ausgefahren, er piekte wie ein Kaktus.

Somit war auch ich irritiert.

Hilfesuchend lief ich zu Dr. Sichting rüber.

„Schauen Sie sich das an!"

„Ach, das kann nicht sein, es handelt sich um ein ganz leichtes Schlafmittel!"

Trotz allem klang starke Besorgnis aus seinen Worten.

Als er meine torkelnden Gummibären erblickte, denen die Beine vollkommen unkontrolliert unter dem Bauch wegknickten, war ihm die Sache vollkommen unklar.

Mir ebenfalls!

Von Müdigkeit zeigten sie keine Spur, sie wurden immer lebendiger und ihre unkontrollierten Clownerien immer heftiger.

Dr. Sichting faltete mit zitternden Händen den sogenannten „Waschzettel" auseinander und las sich,

... bei Risiken und Nebenwirkungen ...,

alles genau durch.

„Es sind die richtigen Tabletten!

Genau die gebe ich meiner Katinka. Katinka ist nach zehn Minuten ausgeschaltet wie ein Radio, dem man den Stecker rausgezogen hat.

Es muß an Ihren Katzen liegen!"

Nun, da half ja alles nichts, irgendwie mußte ich die torkelnde Rasselbande ins Auto befördern. Immerhin hatten wir noch eine lange Fahrt vor uns, und ich wollte nicht mit meinem „Tiertransporter" durch die dunkle Nacht kutschieren.

Also versuchten der Doktor und ich mit vereinten Kräften die Verladung.

Katerchen hatte sich etwas beruhigt, doch ließ er sich nur widerwillig nach draußen tragen. Alle vier Beine spreizte er mit bis zum Anschlag ausgefahrenen Krallen von sich und fauchte, daß seine großen Reißzähne gefährlich blitzten.

Kofferraum auf, Katze rein, Kofferraum blitzschnell wieder zu. Katerchen war abgefertigt.

Also war als nächstes Julchen dran.

Jule verhielt sich wie der Kater und spreizte alles, was zu spreizen war, nur ihr Fauchen war schwächer.

Also Kofferraum auf, Jule rein, Kofferraum zu ... Jule drin.

Tja, das stimmte schon, aber dafür war Katerchen wieder draußen. Blitzschnell hatte er zum Sprung angesetzt und schoß wie eine Rakete zwischen uns heraus.

Mit bloßem Auge war sein Abgang kaum zu verfolgen.

Weg war er!

In diesem Augenblick näherte ich mich einem Nervenzusammenbruch.

Meine Verzweiflung war unermeßlich, kaum zu beschreiben. Das hatte ja noch gefehlt!

Offenbar irrte nun der arme Kater mit einer Schlaftablette im Bauch irgendwo in der Gegend herum.

Und ausgerechnet zu diesem Zeitpunkt begann es, wie aus Kannen zu regnen.

Ungeachtet aller Witterung kroch ich durch die Büsche ungefähr in die Richtung, in die der Kater verschwunden war.

Äste schlugen mir ins Gesicht, aber ich bildete mir ein, ich sei eine Katze, hätte ein Fell und spürte nichts mehr.

„Kater, Kater“, schrie ich hinter ihm her.

Ohne auf irgendwelche Abgrenzungen zu achten, hatte ich die nachbarlichen Gärten auf allen vieren durchforstet.

„Katerchen“, rief ich immer wieder.

Dem Himmel sei Dank, ich fand ihn.

„Miau", jammerte es hilflos hinter einem Busch.

Da saß er, mein kleiner Schlafwandler, wie ein begossener Pudel.

Beide quietschnaß, kehrten wir zum Auto zurück.

Dr. Sichting war völlig verstört.

„Ach, hätte ich Ihnen bloß diese Tabletten nicht empfohlen", jammerte er, „eine solch merkwürdige Wirkung habe ich bei meiner Katze niemals erlebt!"

„Nun machen Sie sich mal keine Gedanken, es wird schon alles wieder gut", tröstete ich den armen Mann.

Dr. Sichting öffnete erneut ganz schnell den Kofferraum, und diesmal war der Kater wirklich verladen.

Julchen war bei dieser Aktion nicht herausgeflutscht.

Sie zeigte dazu auch keinerlei Ambitionen, denn sie hatte es sich im Katzenklo gemütlich gemacht und lümmelte sich darin wie eine Diva in der Badewanne.

Katerchen drapierte sich davor.

Als nächstes kam der verrückte Basti dran.

Na, da ging es erst richtig rund! Dieser kleine trottelige Basti veranstalte einen Zwergenaufstand, da konnte einem die Zipfelmütze hochgehen.

Als ich es wagte, ihn anzufassen, gebärdete er sich so fürchterlich, daß ich mir erst Handschuhe aus dem Gartenschuppen holen mußte, denn sonst hätte er meine Hände in Fetzen an die Hauswand genagelt.

Dazu veranstaltete er ein solch bestialisches Konzert, als hätte man ihm den Schwanz und alle vier Pfoten gleichzeitig in Daumenschrauben geklemmt.

Sein Fell war von Kopf bis Fuß gesträubt wie die Borsten einer Klosettbürste.

Unter diesen extrem aufgewühlten Umständen war es unmöglich, ihn zu den anderen, inzwischen beruhigten, Katzen zu setzen.

Flink öffnete ich die Beifahrertüre und schmiß ihn mehr oder weniger in das Führerhaus.

Wie ein Trampolinspringer hüpfte er auf und ab.

Nach diesem Tänzchen kringelte er sich plötzlich auf dem Beifahrersitz zusammen und schlief.

Auch ich hätte mich am liebsten auf dem Sitz zusammengekringelt und tief geschlafen. Doch ich hatte noch eine weite, anstrengende Strecke vor mir.

„Gute Fahrt“, wünschte der gute Dr. Sichting. Auch Klaus und die anderen Nachbarn waren trotz Regen vollzählig versammelt und winkten so lange, bis ich mit meinem Katzentransporter um die Ecke bog.

Mutig nahm ich die Fahrt in Angriff.

Kaum war ich einen Kilometer gefahren, kitzelte mich etwas im Nacken.

Anfangs dachte ich, es handelte sich vielleicht um ein Blatt vom Philodendron, was da immerzu hin und her wedelte. Aber Blätter vom Philodendron schnurren bekanntlich nicht und pusten auch keinen warmen Atem.

Deshalb hielt ich an, denn während der Fahrt konnte ich mich ja schlecht umdrehen.

Es war Julchen. Wie ein kleiner Tarzan hatte sie sich durch den grünen Dschungel gewuselt. Glücklich stubste sie mit dem Köpfchen an meinen Hals.

Ihre Augen waren völlig normal geöffnet, sie verhielt sich, als hätte sie nie im Leben eine Schlaftablette bekommen.

Energisch schubste ich sie in ihren Katzenraum zurück, doch schon kurze Zeit darauf guckte sie wieder stolz durchs Dickicht.

Ich hielt an ...

Dieses „Spiel“ wiederholte sich alle drei Kilometer.

Julchens Absicht war mir klar: Sie wollte unbedingt auf meinen Schoß, aber das war nicht möglich.

Als sie mit Erfolg alle Pflanzen plattgetreten hatte, übermannte sie endlich der Schlaf.

Immer näher rückte die neue Heimat.

Langsam kroch in mir Sorge darüber hoch, wie ich diese

verrückten Tiere in der fremden Umgebung ausladen sollte, denn da war kein Dr. Sichting, der mir half.

Zudem war es durch die abenteuerliche Verladung ganz schön spät geworden.

Mutter würde schlafen, und die Nachbarn zu solch später Stunde anzusprechen, getraute ich mich nicht.

Diese Sorgen hätte ich mir getrost sparen können.

Als ich ankam, lagen nämlich alle wie in tiefster Narkose und schnarchten wie die Holzfäller. Ich hätte sie bequem, wie Mäntel über dem Arm, hineintragen können, derart nachgiebig und apathisch gaben sie sich.

Geschlagene drei Tage hatte ich meine Ruhe – so lange schliefen sie nämlich.

Welch ein Erstaunen, als sie wach wurden und nicht mehr in der kleinen, ihnen bekannten Wohnung weilten.

Um heimatliche Gefühle zu verbreiten, setzte ich gleich den elektrischen Dosenöffner in Betrieb.

Und siehe da, alle Lebensgeister waren geweckt, und man fühlte sich sofort wohl.

Als sich dann auch noch das gewohnte herrliche Futter in den Schüsselchen fand, war von Fremdeln oder gar Unsicherheit keine Rede mehr.

Schön, man schnupperte ein bißchen neugierig in den Ekken rum, aber da war das geliebte Frauchen, eine Schreibmaschine, schöne Musik, und Frauchen klapperte gemütlich herum, da fühlten sich alle sofort zu Hause.

***

Der Dosenöffner war das einzige Stück Heimat, an das man sich noch klammern konnte. Frauchen hatte nämlich die alte Wohnung mit dem feinen Ledersofa und allem Drum und Dran verkauft.

Statt dessen hatten wir nun ein buntes Blümchensofa mit duftigen weißen Seidenkissen.

Frauchen fand das schön, weil wir von nun an auf dem Lande lebten ...

Das Haus gestaltete sich ebenfalls ländlich; in riesengroßen „Tonpötten" waren Bäume mit Blüten eingepflanzt. „Wintergarten" sagte Frauchen dazu.

Für uns herrlichster Platz für Schlummerecken. Nur wurde es mitunter ungemütlich, wenn die große Gärtnerin ihre Gießphase hatte. Dann konnte es passieren, daß man mitten in seinen geruhsamen Katzenschlummer plötzlich dicke Wassertropfen, die eigentlich für die Blumen gedacht waren, abkriegte.

„Entschuldigung, du armer kleiner Hase, das tut mir ja so leid!" lallerte sie dann überschwenglich.

Aber ich kann mir nicht helfen, ich glaube, sie hat das manchmal absichtlich getan, denn Frauchen konnte auch ein ganz schönes Luder sein.

Aber ich habe sie deshalb trotzdem unheimlich lieb, denn das neue Heim mit dem Garten, das sie extra für uns besorgt hat, ist wie für Katzen gemacht.

Wir sind alle schrecklich glücklich.

Rabenmutter

Ganz schnell hatten wir uns in dem hellen, freundlichen Haus eingelebt.

Nicht lange danach war auch der Garten von allen erobert.

Aus jedem Strauch hüpfte ein Katzentier, und die Vögel auf den Bäumen waren nicht mehr sicher.

Nur ich klagte über mehr Arbeit.

Manchen Tag verbrachte ich wirklich von morgens bis abends zwischen Blumen und Sträuchern, und völlig erschossen sank ich abends ins Bett.

Doch entging mir bei meiner Buddel- und Pflanzarbeit nicht, daß eine kunterbunte Katze ebenfalls unser Grundstück bewohnte.

Seltsamerweise wurde sie von meiner Meute geduldet.

Bildschön, war sie, und sie war sich dessen sehr bewußt.

In respektvoller Entfernung strich sie täglich um mich herum.

Sehr scheu in ihrem Verhalten, ließ sie niemand an sich herankommen, geschweige denn anfassen.

Eines Tages blieb sie, oh Wunder, plötzlich ruhig liegen, als ich sie unter einem Busch in einem Laubhaufen entdeckte.

Ich bemerkte auch warum, denn ein winziges schwarzes Jungtier nuckelte genußvoll an einer ihrer Zitzen.

Gleichzeitig, während ich noch das Glück von Mutter und Kind bestaunte, hörte ich in weiter Ferne ein klägliches Wimmern.

Immer deutlicher wurde das jämmerliche Geschrei. Als ich dem Ruf nachging, mußte ich feststellen, daß offenbar wirklich eine kleine Seele ganz schrecklich um ihr Leben kämpfte.

Aber wo?

Tief und tiefer kroch ich in die Büsche, bis ich an eine alte Scheune gelangte.

Vor der Scheune lag ein großer Holzstoß, und auf ihm stand ein winziges, ebenfalls pechschwarzes Kätzchen.

Vollkommen aufgebracht und am ganzen Körper vor Aufregung zitternd, schrie es mit weit aufgerissenem Mäulchen sein Leid heraus.

Vorsichtig schlich ich mich näher und griff ganz schnell zu.

Unwillkürlich spürte der kleine Schreihals wohl, daß ich die ersehnte Rettung war und kuschelte sich, völlig außer Atem, in meine Hand.

Eilig rannte ich damit zu Mutter „Zynthia" – so hatte ich die aparte Schönheit getauft.

Sie war gemütlich mit ihrem Säugling liegen geblieben und nahm, ohne mit der Wimper zu zucken, den Findling mit auf.

Es war einwandfrei ihr Kind, sie hatte es nur mal eben vergessen.

Na und?

Über diese Art von Mutteliebe war ich ziemlich erstaunt, denn daß eine Katzenmutter ihr Junges vergißt, war mir nie begegnet.

Aber ich sollte noch ganz andere Sachen mit Schönheitskönigin „Zynthia" erleben.

Undank ist der Welt Lohn, heißt es ...!

Und sie hatte reichlich davon.

Da ich nun mal so schön ihre Kinder eingesammelt hatte, stand sie plötzlich auf, ließ beide Kinder im Laub liegen und stolzierte vondannen.

Wohin?

Darüber gab sie keine Auskunft!

Anfangs lebte ich in dem guten Glauben, sie käme bald wieder.

Doch da war ich auf dem falschen Dampfer. Sie wußte ihre Kinder in guter Obhut und ließ sich den Rest des Tages nicht mehr blicken.

Selbstverständlich wurden die Kinder irgendwann unruhig, und ich natürlich auch, denn ich hatte Angst sie könnten verhungern.

Irgendwo hatte ich mal gelesen, daß Katzenkinder alle zwei Stunden Nahrung haben müssen.

Diese zwei Stunden waren längst rum und nochmal drei Stunden dazu.

Gegen Sonnenuntergang erschien Frau Rabenmutter dann endlich.

Ich atmete auf!

Damit sie in der Nacht nicht wieder die Kurve kratzte, nahm ich das Familienglück mit ins Haus, was mir die Rumtreiberin äußerst übel nahm.

Denn kaum hatte sie die Kinder gesäugt, wollte sie tatsächlich schon wieder raus.

Ärgerlich kratzte sie an der Türe, schärfte anschließend böse ihre Krallen an meinem neuen Sofa, und als das alles nichts half, lief sie quakend auf und ab.

Ich tat, als ob ich sie weder hören noch sehen konnte, entwickelte Nerven wie Drahtseile, reagierte einfach nicht.

Als ihr die Sache mit mir zu aussichtslos wurde, legte sie sich notgedrungen zu ihren Kindern, die sich dankbar an sie kuschelten.

Aber Zynthia blieb ein ausgesprochen windiges Geschöpf.

Kaum hatte ich morgens die Katzenklappe geöffnet, schlüpfte sie gleich als erste durch und ward lange nicht mehr gesehen.

Wieder einmal sprang Onkel Kasimir ein, liebevoll schaute er über den Korbrand und begann, die verlassenen Kinder zu lecken.

Julchen dagegen fand diese ständig quiekenden Kinder entsetzlich und verzog sich schleunigst auf ihr Lieblingssofa.

Basti zeigte sich fröhlich verspielt. Für ihn bedeutete dieser Zuwachs eine Selbstverständlichkeit.

Somit hatte ich zwei Katzen mehr: Schneeweißchen und Rosenrot hießen die neuen Familienmitglieder.

Beide rabenschwarz, leuchtete auf ihrer Brust jeweils ein rostroter und ein weißer Strich.

Mutter Zynthia vergaß von Tag zu Tag mehr und mehr ihren Nachwuchs, und eines Tages kam sie gar nicht mehr.

Für mich war dies der Zeitpunkt, kleine Fläschchen anzuschaffen, um die Kinder durchzubringen.

Wenn es auch eine Menge Arbeit war, genoß ich es doch, wieder zwei putzige Babys im Arm zu halten.

Vor allem lernte ich sämtliche Ecken und Verstecke des neuen Hauses kennen.

Denn man glaubt kaum, wieviel Ritzen ein Haus aufweist, in denen winzige schwarze „Ratzkatzen“ verschwinden können.

Katerchen bedeutete eine große Hilfe, besonders in dem Augenblick, als die kleinen Würmchen aus dem Körbchen krochen und ihren ersten Ausflug über den glatten Fußboden starteten.

Unaufhörlich paßte er auf, damit sie ja nicht bis an die gefährliche Katzenklappe gerieten.

Julchen war über den neuen Nachwuchs absolut nicht begeistert, und immer wieder tat sie das auch kund.

Als ihr die lästigen Babys zufällig über den Weg krabbelten, haute sie zweimal kräftig mit der Pfote nach ihnen, daß die kleinen schwarzen Kugeln, wie beim Eishockey der Puck, quer durchs Zimmer sausten.

Katerchen, nicht faul, stand spontan auf der Bildfläche und gab seiner sonst heißgeliebten Jule links und rechts eins auf die Ohren.

Mit Erfolg: Julchen rannte weg.

Schneeweißchen und Rosenrot waren ihr nämlich von nun an völlig „Wurscht“.

Eine Prinzessin blieb nun mal eine Prinzessin, und außer zu ihrem Sohn Basti, der ab und zu geleckt wurde und ein bißchen Köpfchenstubsen mit Katerchen liebte Exzellenz keinerlei Katzenkontakt.

***

Was Frauchen manchmal schreibt, nee, nee..
„... war auch der Garten von allen erobert ...!“

Wir mußten ja notgedrungen den Garten erobern, denn für Landkatzen schickte es sich angeblich nicht, auf ein „Katzenklo“ zu gehen.

Schuld daran war Basti: Er hat die Sache mit dem Klo verdorben.

Eines Tages, er spielte wie immer ganz doll draußen im Garten mit fliegenden Blättern und Schmetterlingen, rannte er plötzlich an Frauchen vorbei rein ins Haus.

Flink setzte er sich ins Katzenklo, machte einen großen Haufen und rannte ebenso schnell wieder raus und spielte weiter.

Frauchen hatte ihn zufällig dabei beobachtet und kriegte vor Staunen den Mund nicht mehr zu.

„Ja, bin ich denn hier eine öffentliche Toilette“, hat sie geschimpft und kurzerhand das Klo ausgekippt.

„Ihr könnt draußen machen!“

Somit war das Katzenklo für die „Großen“ abgeschafft, nur die Babys durften noch ...

Der Porzellanhund

Fünf Katzen sind eine Menge Getier. Deshalb wird jeder verstehen, daß ich bei der Frage:

„Möchten Sie einen Hund, einen weißen, mit vielen schwarzen Tupfen?“, kräftigst mit dem Kopf schüttelte.

„Nein, ich möchte keinen Hund! Selbst wenn er mit Blattgold verzierte Fußkrallen hätte, nein!“

Ganz energisch hatte ich das gesagt. Eigentlich absolut

energisch zu mir, denn ich kannte mich und mein weiches Herz.

Dabei liebte ich Hunde. Wie gerne hätte ich einen gehabt! Ganz besonders einen weißen mit schwarzen Tupfen, einen Dalmatiner.

„Nein und nochmal nein!“

„Der Hund soll ins Tierheim, es wäre sehr schade, er ist mit besten Papieren ausgestattet. Man hat mich zu Ihnen geschickt, weil Sie schon mehrere Tiere aufgenommen haben, haben mir Nachbarn berichtet!“

„Ach, was die Nachbarn nicht alles erzählen! Mir reicht mein Katzensegen!“

Ich schüttelte weiter den Kopf.

„Nein!“

Papiere, pah, so etwas kann mich schon gar nicht locken! Zudem verstehe ich nicht, warum der Hund ins Tierheim soll, wenn er solch tolle Papiere hat. Normalerweise landen doch nur krummbeinige Promenadenmischungen mit Ringelschwänzchen und Gossenterrier im Heim.“

„Da sind Sie aber völlig im Irrtum. Wir haben mitunter die edelsten Exemplare bei uns. Dieser Hund ist beispielsweise ein Weihnachtsgeschenk, über das sich niemand gefreut hat.

Sein weißes Fell haart nämlich entsetzlich, und die derzeitigen Besitzer sind mit dunkelbraunen Polstermöbeln und Teppichen eingerichtet.“

„Ach was.“ Ich verstand. „Man hat gemerkt, daß dieser schicke Hund nicht aus Porzellan ist!“

„Genau so ist es!“

Die Dame vom Tierschutzverein atmete auf, denn sie dachte mich mit diesen Argumenten weichgeklopft zu haben.

„Nein“, schüttelte ich abermals den Kopf, „ich bin zwar nicht dunkelbraun eingerichtet, aber ich bin viel zuviel unterwegs. Ich kann mir einfach keinen Hund ans Bein binden.“

Ich war fest entschlossen, und deshalb fertigte ich die Frau gleich an der Türe ab.

„Schade, er hätte irgendwie zu Ihnen gepaßt", meinte die Dame. „Einen schönen Tag noch", wünschte sie mir und ging enttäuscht fort.

„Wie alt ist denn der Hund?" rief ich plötzlich hinter ihr her.

Hoffnungsvoll drehte sie sich zu mir um:

„Vier Monate!"

„Ach nee, dann ist er ja noch klitzeklein und nicht stubenrein", nörgelte ich.

„Nein, nein, nein", widersprach die Dame, „ob Sie es glauben oder nicht, er ist stubenrein!"

„Ach, das können Sie mir doch nicht erzählen, ein so kleiner Hund ist nie und nimmer wasserdicht!"

„Wenn ich es Ihnen sage! Ich habe ihn seit Tagen zu Hause bei mir. Übrigens, er sitzt hinten in meinem Auto. Wollen Sie ihn nicht mal sehen?"

„Um Himmels willen, nein. Wozu auch? Ich will keinen Hund und damit basta!" wehrte ich mich mit Händen und Füßen.

„Ich weiß", beschwichtigte die Frau, „es war nur gut gemeint. Sie sollten ja auch nur kurz einen Blick auf den bildschönen Hund werfen. Ich muß jetzt schleunigst weiter, denn die Kollegen vom Tierheim machen gleich Feierabend. Den kleinen Racker muß ich dort doch wieder abliefern!"

„Na gut, gucken kann ich ja mal", meinte ich plötzlich. Schließlich würde mich das zu absolut nichts verpflichten.

Also gingen wir gemeinsam aus dem Tor; und da stand das Auto, und darin saß ein winziger Dalmatiner mit Augen, so schön und geheimnisvoll, zwei runden Bergseen gleich. Bei aller Schönheit, die mich blendete, traf mich ihr Ausdruck voll bis in meine tiefste Seele.

Mit dem Erfolg:

Ich schmolz dahin wie Butter in der Sonne.

Ich sah ihn an!

Vielmehr sein Blick hielt mich fest, ließ mich keine Sekunde mehr los.

Und dieser Blick schnitt mir ritzeratz ein tiefes Loch ins Herz.

Mit anderen Worten:

Es hatte gefunkt!

Oder:

Hier vollzog sich Liebe auf den ersten Blick!

„Attila heißt er“, Flüsternd nannte die Frau seinen Namen und schob mich sanft in die Nähe ihres Autos.

Sie hatte sehr wohl begriffen, was in jenem Moment geschah.

Vollkommen erstarrt blieb ich vor dem Auto stehen. Auch Attila rührte sich nicht. So still saß er, daß man meinen konnte, er sei aus Porzellan.

Wie im Traum öffnete ich die Autotüre und langte nach dem Hund und spürte gleich babywarm den weichen Körper in meinem Arm.

Wie klein er war, wie rosa zart seine viel zu großen Pfoten.

Nicht eine Sekunde dachte ich darüber nach, welche Belastung er für mich sein könnte.

Ich wußte nur eins: Niemals würde ich dieses Bündel Hund je wieder loslassen.

Er war da, angekommen, wie die anderen Mitglieder der Familie, und somit begann ein neuer Lebensabschnitt.

Fünf Katzen und ein Hund waren nun mein Besitz.

Wenn ich dieses Tempo beibehielt, konnte ich bald „Brehms Tierleben“ neu schreiben.

Das neue Glück war kaum zu fassen und machte allen viel Freude.

Obwohl dieser Hund Rätsel aufgab.

Scheinbar hatte er derart viel Negatives erlebt, daß er totale Zurückhaltung übte.

Diese Art der Zurückhaltung war allerdings für einen jungen Hund unnatürlich.

Er spielte nicht, tobte nicht, wie es kleine Pinkelhunde tun, sondern saß nur, guckte mit seinen dunklen Augen, schaute und parierte.

Vielleicht lag es daran, daß es sich bei ihm um keinen Pinkelhund handelte, er war nämlich wirklich und wahrhaftig stubenrein.

Bellen, Kratzen, Beißen waren ihm fremd. Wo man ihn absetzte, blieb er auch sitzen.

Selbst wenn die Katzen ihn neugierig beschnupperten, rührte er sich nicht, und da er makellos weiß leuchtete und die Tupfen ausnehmend kräftig auf seinem Körper angeordnet waren, wirkte er wirklich fast künstlich, wie ein Porzellanhund.

Und weil er ein so lieber, sanfter Hund war. wurde er spontan von Kasimir, Rosenrot, Schneeweißchen und sogar von Julchen adoptiert.

Allein bei Basti brach unverbrüchliche Freundschaft und eine dicke, fette Liebe zu dem kleinen Attila aus.

Direkt vom ersten Augenblick an kuschelte sich Basti zu dem Hund auf die Decke, und ein ganzes Hunde- und Katzenleben lang blieben sie so unzertrennlich.

Welch ein Anblick, wenn sie wie Löffelchen ineinandergefügt ihren Mittagsschlaf hielten!

Man hatte dann mitunter den Eindruck, daß ein leichtes Lächeln absoluter Glückseligkeit um ihre Mundwinkel spielen würde.

Ganz besonderer Friede strahlte durchs Haus, wenn Sebastian seine Putzstunde ausweitete und dem hingebungsvoll ausgestreckten Attila Hals und Schnauze leckte.

Das waren Stunden wie in der Arche Noah.

Zog Basti dann allerdings ein bißchen übermütig an Attilas schlappigen Ohren, war es mit der Gemütlichkeit vorbei. Denn Attila begann spontan als Gegenleistung den

„Zupfer“ zu beschnuppern und blies ihm heiße Luft ins Ohr.

In solchem Fall suchte Basti erst mal das Weite und rannte durch die Klappe in den Garten.

Er wußte genau, wenn Attila auch klein war, für die Katzenklappe war er bereits zu groß.

Überhaupt, Attila wuchs und gedieh in der feinen Familie dermaßen schnell, daß bald der Tag gekommen war, wo er gemütlich den Kopf auf den Tisch legen konnte.

Diesen Augenblick schätzte er sehr, denn außer an seinem Fressen und an dem Fressen der Katzen war er an allem interessiert, was Frauchen auf den Tisch brachte.

Aber betteln, nein, das tat er nicht.

Wenn Besuch kam, konnte jedermann staunen, wie lieb dieser Hund mit seinem Kater im Korb lag und auch brav parierte, wenn Frauchen sprach:

„Ab in den Korb!“

Nur wehe, der Besuch verlangte, den Garten zu sehen, und ein gedeckter Tisch blieb mutterseelenallein zurück.

Dann zeigte Attila sein Talent.

Fix wie ein Kellner räumte er leckere Kleinigkeiten ab.

Damit die Sache nicht auffiel, setzte er sich nach vollendetem Mundraub wieder artig in seinen Korb.

„Guck mal, wie lieb der Hund da sitzen bleibt“, bemerkte der Besuch.

In solchen Situationen setzte Attila gleich seinen super „Treueblick“ auf, und selbst ich schmolz wiederum dahin und vergaß die Bescherung, die er hinter unseren Rücken angerichtet hatte.

Selbst schuld, mußte man da nur sagen, denn schließlich hätte ich ja besser aufpassen können.

In diesem Punkt entwickelte er sich leider zu einem ganz schön raffinierten Stibitzer.

Wie sehr ich auch aufpaßte, seine Nase, seine Augen lauerten überall.

Bei Attila handelte es sich um eine ausgesprochene Naschkatze, und somit fiel er bei dieser Katzengesellschaft als Hund überhaupt nicht auf.

***

Attila verzauberte uns alle, man konnte ihn nur liebhaben.

Der arme Kerl konnte froh sein, daß er bei uns gelandet war, denn wie er erzählte, hat er gleich am Anfang seines Lebens viel Schlechtes erlebt.

Nicht nur, daß den Leuten ihre Polster wichtiger waren als er, sperrten sie ihn, ein kleines Hundebaby, in einen Zwinger mit einer Hütte ohne Stroh.

Dabei war es so kalt draußen, daß das Wasser in seinem Napf zu Eis gefror.

Eines Nachts hatte man ihn sogar in den Wald gefahren, wollte ihn aussetzen.

Aber das ging schief, denn der Wagen sprang wegen der Kälte nicht mehr an.

Mitsamt Hund mußte man wieder nach Hause laufen, denn das Auto hätte sonst als Beweis alles verraten.

Die Männer von der Reparaturwerkstatt haben sich sowieso gewundert, was die Leute bei Nacht und Nebel da in dem tiefen Wald eigentlich wollten ...

Gott sei Dank hat ihn die Frau vom Tierschutz dann aus diesen bösen Fängen befreit.

Allerhand Ereignisse

Bei so vielen Tieren ist es ganz natürlich, daß es ständig Aufregungen hagelt.

Genau an dem Tag, als die Kleinsten ihren ersten Ausflug nach draußen gewagt hatten, begann eine Serie von negativen Ereignissen, und diese steigerte sich von Mal zu Mal in ihrer Tragik.

Katerchen regte sich bei dem ersten Ausflug seiner „Nichten“ dermaßen auf, weil er sie, wie damals Basti und Biene, beschützen wollte, daß er unglücklicherweise mit einem Wespennest in Berührung kam.

Dabei stach ihn eine von den wildgewordenen Insekten mitten in die rechte Pfote.

Attila, der zielstrebig nach den vielen Wespen geschnappt hatte, bekam prompt einen Stich in die Nase ab.

Das Gejaule war groß!

Man konnte förmlich zugucken, wie sein empfindliches Riechorgan in Windeseile schwoll.

Auf diese Weise wurden wir Stammkunde beim Tierarzt.

Aber es war alles halb so schlimm.

Eine Salbe auf die Pfote von Kasimir und auf die „Tennisballnase“ von Attila brachte sehr schnell Linderung.

Attila sah trotz aller Sorge sehr lustig aus und schielte an dem Nachmittag wie eine Flunder, weil er zum ersten Mal seine kleine schwarze Nase sah.

Katerchen humpelte noch ein bißchen, aber dann kehrte wieder Ruhe ein.

Allerdings nicht lange!

Tage später, als ich vom Einkaufen zurückkehrte, hörte ich schon von weitem entsetzliches Geschrei und Gezeter im Haus.

Anfangs dachte ich, zwei Katzen wären sich in die Haare geraten.

Aber es war ganz anders.

Julchen hing mit dem Hinterteil im Kippfenster der Küche fest.

Aus irgendeinem Grund war ihr die Katzenklappe zu langweilig, und deshalb hatte sie mal den Weg durchs Fenster probiert.

Ein erbärmlicher Anblick, mir zitterten Hände und Knie zugleich.

Als ich sie aus ihrer „Klemme" herauszog, konnte sie kaum auf den Vorderbeinen stehen, und ihre Hinterbeine baumelten leblos herab, schleiften hilflos über den Boden.

Ein gelähmte Katze, wie schrecklich! Ich weinte bitterlich.

Julchen hatte vor lauter Angst in ihrer mißlichen Lage so viel mit den Vorderpfoten gestrampelt und gekratzt, daß der hölzernen Fensterbank eine dicke Ecke fehlte.

Ich durfte mir gar nicht die verzweifelte Lage vorstellen, in der meine Prinzessin stundenlang gekämpft hatte.

Auf dem Weg zum Tierarzt machte ich mir die größten Vorwürfe.

Hundertmal fragte ich mich:

Warum?

Warum hatte ich das Fenster nicht zugemacht?

Warum ist sie da durchgekrabbelt?

Aber alle „Warums" halfen nichts.

Gott sei Dank erfüllten sich meine Befürchtungen nicht.

„Das kommt schon wieder in Ordnung“, meinte Dr. Ulrichs, „scheinbar ist jetzt der Nerv noch gedrückt“, beruhigte er mich. „Sie wird ein paar Tage humpeln und die Beine schonen. Sie wissen doch, eine Katze hat sieben Leben. Katzen sind zäh!“

Jule war mehr als zäh!

Tatsächlich kam alles wieder in Ordnung, und bereits am selben Abend startete die „Schwerverletzte“ ihre ersten Gehversuche – zielstrebig zu ihrem geliebten Futternapf.

Wie gesagt, die Aufregungen hörten nicht auf.

Als nächstes machte Rosenrot Sorgen.

Tagelang hatte sie kaum etwas gefressen. Interessenlos kauerte sie in einer Ecke, zeigte keinerlei Lust, mit ihrer Schwester zu spielen.

Da konnte etwas nicht stimmen, wo die beiden doch sonst wie zwei geölte Blitze durch das ganze Haus tobten.

Deshalb holte ich den berühmten Transportkorb aus der Ecke, und ab ging's in ärztliche Behandlung.

Wie sich zeigte, allerhöchste Eisenbahn, denn nachdem man ihr Blut abgenommen hatte, wurde festgestellt, daß die Werte nicht die besten waren.

Irgendwas war mit ihrem Bauch nicht in Ordnung.

Um sich ein besseres Bild zu machen, wurde das kleine Kätzchen mit einem Kontrastmittel gefüttert und geröntgt.

Leider ergaben die Röntgenaufnahmen nicht viel.

Nachdem man diesem Winzling ein paar Spritzen verpaßt hatte, wurde sie mir zurückgegeben, mit der Bitte, am nächsten Tag wiederzukommen.

Als ich jedoch Rosenrot zu Hause aus der Transportkiste auspacken wollte, war sie tot.

Mein Kummer war groß.

Ich drehte im wahrsten Sinne des Wortes auf dem Absatz um und fuhr zu Dr. Ulrichs zurück.

Schockiert griff er gleich nach einem Seziermesser, denn er wollte die Ursache wissen.

Das Ergebnis war schlimm.

Eine riesige Geschwulst, beinah so groß wie die Katze selbst, füllte den gesamten Bauchraum aus.

Schon lange muß sie daran gelitten haben.

Doch wie und warum, darüber konnte er mir keine Erklärung geben.

Wozu auch? Es war zu spät!

Traurig fuhr ich mit meiner toten Rosenrot wieder heim.

Mir blieb nur, sie mit ganz vielen Tränen unter einer Kiefer zu beerdigen.

Nicht viel hatte dieses kleine Wesen von seinem Leben gehabt.

Kaum hatte sich die Trauer um Rosenrot ein bißchen gelegt, gab es eine neue Überraschung.

Es fing damit an, daß ich eines Morgens kurz nach dem Aufstehen ein merkwürdiges Geräusch hörte.

Neugierig ging ich der Sache nach.

Da entdeckte ich Basti, wie er eine zerkaute Maus herauswürgte.

Basti und eine Maus, das konnte nicht war sein!

Noch nie hatte dieser trottelige Kater eine Maus gefangen.

Vieleicht handelte es sich um eine Selbstmördermaus:

„Hier bin ich, nimm mich!", muß sie gesagt haben.

So ähnlich hatte es sich tatsächlich abgespielt.

Als ich mir das Erbrochene näher anschaute, fielen mir merkwürdig grellgelbe Körnchen darin auf, deshalb wickelte ich alles in ein Stück Papier und hob es auf.

Fast mechanisch griff ich zum Telefonhörer:

„Entschuldigen Sie die Störung, Herr Doktor, aber der Basti hat merkwürdige gelbe Körnchen mitsamt einer Maus erbrochen ... könnte das ...", ich wagte es nicht auszusprechen.

„Das könnte Giftweizen sein, den die Maus gefressen hatte, kommen Sie schnellstens hierher!"

In Windeseile war ich dort – mitsamt den Körnern und der matschigen Maus.

„Das ist Giftweizen“, stellte Dr. Ulrichs sachlich fest.

Im ersten Augenblick dachte ich, mich haut es um – mein Basti vergiftet!

„Es ist noch früh genug, lassen Sie ihn mal hier, wir kriegen das schon wieder hin.“

Auf diese Art hatte mich Dr. Ulrichs schon oft getröstet, und er hatte immer recht gehabt.

Deshalb fuhr ich auch selenruhig heim. Da hatten wir ja nochmal Glück gehabt.

Am nächsten Tag konnte ich den Mäusefresser bereits wieder abholen.

Freudig wollte ich meinen Sebastian in die Arme schließen, aber er hatte keine Lust dazu und knurrte mich nur an.

Es ging ihm scheinbar doch noch nicht so gut.

„Ein paar Tage noch, dann ist er wieder obenauf. Es hat ihn ganz schön erwischt. Viel trinken muß er und Ruhe halten ...“

Mit diesen guten Ratschlägen versorgt, legte ich ihn in mein Bett.

Wohlig kuschelte er sich darin zurecht.

Er war ein braver Kranker, der Basti. Er blieb liegen, rührte sich nicht, trank, wenn ich ihm was reichte, nur fressen mochte er nichts.

Kasimir, Julchen und die anderen Katzen kamen abwechselnd und wollten ihn begrüßen, aber er hatte kein Interesse an ihnen. Allein Attila durfte mal ganz zart seine Nase in seinen Bauch bohren, aber es wollte keine rechte Stimmung bei ihm aufkommen.

Müde legte er seine graue Pfote auf Attilas weiße Schnauze. So liebevoll vereint, verharrten sie eine ganze Weile miteinander.

Nur als Attila versuchte, zu ihm aufs Bett zu springen, wehrte Basti ab.

Mit dem Erfolg, daß Attila sich ganz dicht vor dem Bett plazierte und scheinbar darauf wartete, bis sein Freund wieder vollkommen gesund werden würde.

Auf diese Weise verging der Tag mit Krankenpflege.

Mitten in der Nacht wurde ich wach, weil Sebastian wiederum merkwürdige Geräusche von sich gab.

Es klang wie Knurren oder Husten ...

Ich knipste das Licht an. Sebastian richtete sich auf, schaute mich an, als wollte er mir was sagen.

„Ich habe dich ganz feste lieb, mein Kleiner", sprach ich laut, krabbelte schnell zu ihm hin und nahm ihn in den Arm, denn anscheinend hatte er große Schmerzen.

Er knurrte noch einmal, dann sank sein Kopf zur Seite, direkt in meine Hand, er atmete einmal tief durch, dann lag er still.

Ganz still!

In diese Stille hinein begann Attila zu fiepen, schließlich wurde er völlig wild und sprang kurzentschlossen aufs Bett. Verzweifelt schubste er seinen kleinen Freund unaufhörlich mit der Nase, als wollte er ihn wieder wachrütteln.

Als er die Sinnlosigkeit seines Tuns begriff, legte er sich dicht daneben und jaulte herzzerreißend.

So etwas hatte ich noch nicht erlebt.

„Attila, hör auf", bat ich ihn, doch ich konnte ihn verstehen.

Ich war ebenso fassunglos. Unaufhörlich starrte ich auf meinen kleinen trotteligen Clown. Ein kleines bißchen Schmutz pappte, wie immer, noch auf seiner Nase.

Fast mechanisch begann ich, die kleine Kruste mit etwas Spucke abzureiben.

Wenigstens sollte er nicht mit einer schmutzigen Nase im Katzenhimmel ankommen.

Mein Schmerz war unermeßlich, brannte in meinem gesamten Körper, deshalb blieb ich mit dem toten Sebastian im Arm sitzen und rührte mich nicht vom Fleck ...

Geschockt von diesem Erlebnis legte ich die kleine Leiche erst am nächsten Morgen in einen Korb und stellte ihn auf einen Stuhl neben dem Tisch.

Attila war nicht von Sebastians Seite wegzukriegen.

Während ich Musik von Vivaldi und Beethoven hörte, ließen wir beide den kleinen Köper nicht mehr aus den Augen.

Ich bildete mir ein, er müßte jeden Augenblick wieder atmen.

Meine Mutter fand mein Verhalten mehr als merkwürdig und beängstigend, und deshalb alarmierte sie Nachbarn und Freunde, mich zu trösten.

Vergeblich, ich war untröstlich im wahrsten Sinne des Wortes.

Ein Junge aus der Nachbarschaft wollte mir eine besondere Freude bereiten und hob ein kleines Grab, ganz exakt dreißig mal vierzig Zentimeter und fünfzig Zentimeter tief, im Garten unter der Eiche aus.

Er absolvierte gerade eine Maurerlehre, da hatte er das Ausschachten gelernt.

Weinend fertigte er noch zusätzlich ein kleines Kreuz aus zwei Hölzern an.

Solche Aktionen waren lieb und nett gemeint, aber ich brachte es einfach nicht übers Herz, den lustigen kleinen Basti ins kühle Grab zu legen.

Erst in der drauffolgenden Nacht, zufällig schwebte ein großer Vollmond am Himmel, konnte ich mich überwinden, mein geliebtes Katzenkind zu beerdigen.

Mit bloßen Händen habe ich unter lautem Schluchzen das Grab zugescharrt und das kleine Kreuz draufgesteckt.

Die Tage darauf gestalteten sich ebenfalls sehr abenteuerlich. Wenn ich schon sehr um Basti trauerte, so war Attila völlig daneben.

Er blieb einfach den ganzen Tag auf dem Grab seines Freundes liegen. Selbst, wenn ich mit Futter lockte, war er nicht zu überlisten.

Eine solch tiefe Freundschaft ließ sich eben nicht einfach ausradieren.

***

Ich hatte den Basti gewarnt.

„Laß die Maus in Ruhe, mit der stimmt was nicht!"

„Nun fang' ich mal 'ne Maus, und du läßt mich nicht!" hat er gemault.

Glücklich wie ein richtiger „Mausekater" ist er hinter ihr hergesprungen.

Wie ein alter Hase hat er ihr in den Nacken gebissen, und sie war gleich tot.

Kein Wunder! Durch das Gift war sie ja schon fertig.

Ich konnte machen, was ich wollte, er feierte es als seinen ersten Mäusesieg.

Dabei hatte die Maus ihn besiegt.

Stolz warf er sie hoch und weit, sprang erneut hinter ihr her. Schmiß sie in die eine, dann wieder in die andere Ecke.

Es war sehr lustig, ihm zuzusehen. Ich dachte: Na, spielen kann er ja damit.

Und da er sonst so pingelig mit dem Fressen war, habe ich nicht im Traum daran gedacht, daß er diese welke, matschige Maus am Ende fressen würde.

Aber er hat sie gefressen!

Sein Tod war der schlimmste Tag in meinem Leben.

Julchen drohte mir zu zerbrechen, denn sie hatte auf diese tragische Weise auch noch ihren Sohn verloren.

Von Frauchen ganz zu schweigen. Anfangs dachte ich, sie dreht durch.

Ich habe mein ganzes Schnurr- und Schmuseprogramm abgespult – vergeblich – sie war todtraurig und blieb es.

Aber sie durfte einfach nicht durchdrehen. Was sollte denn dann aus uns allen werden?

Dieses eine Mal war ich heilfroh, als der herzallerliebste

Lebensgefährte auftauchte und sie tröstete, denn ich war mit meiner Kraft am Ende.

Und wie hat er Frauchen getröstet, er blieb gleich Wochen, ich dachte schon, der bleibt für immer.

Erst, als Frauchen wieder lachen konnte, ist er abgefahren und hält jetzt glücklicherweise wieder seine normalen Besuchsabstände ein.

Ein merkwürdiger Unfall

Wie heißt es so schön: Wenn was passiert, dann kommt es gleich knüppeldicke!

Es war grad zu der Zeit, wo Attila aufhörte, sich ständig auf Bastis Grab zu setzen.

Mit anderen Worten, wir waren gerade alle einigermaßen über diesen Verlust hinweggekommen, da bahnte sich schon eine neue Katastrophe an.

Es war abends, zur gewohnten Klappenschließzeit, und Schneeweißchen fehlte.

Ich machte mir keine Gedanken, denn das kam bei ihr ab und an mal vor.

Überhaupt nahm ich das mit dem Zuschließen nicht mehr so genau, denn was sollte in dieser ruhigen Gegend schon passieren?

Also ließ ich die Klappe auf und ging irgendwann ins Bett.

Das heißt, ich wollte zu Bett, doch Kasimir war strikt dagegen.

In dem Moment, als ich aufs Schlafzimmer zusteuerte, lief Kasimir plötzlich laut mauzend hin und her, immer wieder zur Terrassentür.

Anfangs dachte ich, es sei nur Einbildung, aber scheinbar wollte er mich wirklich auf etwas aufmerksam machen.

Als ich endlich die Türe öffnete, rannte er, laut miauend, vor mir her, spornstreichs in die stockdunkle Nacht hinein.

Beim Herausgehen hatte ich geistesgegenwärtig eine Taschenlampe gegriffen.

Wie gut, denn sein Weg führte uns in die äußerste Ecke des Gartens, zur hinteren Hecke.

Und da man tiefschwarze Katzen in tiefschwarzer Nacht schlecht sehen kann, sah ich erst gar nichts.

Doch dann, im hellen Schein der Lampe, entdeckte ich mein puckelig zusammengekauertes Schneeweißchen.

Sie gab keinen Mucks von sich. Ihr Blick schien völlig apathisch, und ich hatte den Eindruck, daß sie mich gar nicht erkannte.

Verletzungen konnte ich keine an ihr feststellen. Sie blieb nur still sitzen und rührte sich nicht.

Natürlich passieren solche Sachen fast immer mitten in der Nacht, da konnte ich schlecht Hilfe herbeiklingeln und mußte deshalb den Morgen abwarten.

Gegen sieben Uhr hielt ich es nicht mehr aus, denn ihr Zustand hatte sich deutlich verschlechtert.

Inzwischen lag sie vollkommen teilnahmslos auf der Seite.

Wenn es auch noch keine Tierarztzeit war, ich sauste wie die Feuerwehr zu Dr. Ulrichs.

Ein großes Schild an der Praxistüre verkündete:

„Wir sind verreist!“

Darüber konnte ich mich kaum freuen.

„Für Sie bereit sind die Kollegen Dr. ...“

Phanstastisch! Der nächste Kollege wohnte zwanzig Kilometer entfernt.

Dort war man sehr ungehalten. Zu so früher Stunde wollte man mich nicht empfangen.

Ich wurde auch ungehalten und ließ nicht locker, blieb

konstant vor der Türe stehen und klingelte so lange in rhythmischen Abständen, bis man mir endlich öffnete.

Es war eine junge Ärztin. Ganz dünn war sie, zartgliedrig, mit einer winzigen Nickelbrille auf der Nase.

Ein bißchen ähnelte sie der „Frommen Helene“ von Wilhelm Busch.

Rein äußerlich hätte sie wirklich besser als Bücherwurm in eine Buchhandlung gepaßt, aber nicht in eine burschikose Tierarztpraxis.

Ich hatte zwar andere Probleme als über diese Ärztin nachzudenken, machte mir aber trotzdem Sorgen um sie. Bei der Behandlung einer verwöhnten Vorstadtkatze konnte ich sie mir noch vorstellen, aber nicht bei der Überwältigung eines tollwütigen Zuchtbullen ... aber vielleicht täuschte ich mich, und sie war in Wirklichkeit ein zähes Luder.

Scheinbar las sie meine Gedanken, denn plötzlich erklärte sie:

„Ich bin hier nur die Vertretung – für absolute Notfälle! Der Herr Doktor kommt erst gegen neun!“

„Ich bitte Sie, lassen Sie mich rein! Das ist ein absoluter Notfall!“

Etwas freundlicher gestimmt ließ sie uns hinein.

Als sie sich das Tier näher ansah, konnte sie meine Aufregung verstehen und mein frühes Erscheinen ebenfalls.

Genau in dem Augenblick, als sie das Stethoskop ansetzen wollte, um nach Herztönen zu forschen, streckte Schneeweißchen alle viere von sich.

„Das Tier ist tot, hier kann ich nichts mehr machen“, mit diesen Worten nahm sie das Stethoskop von den Ohren und steckte es in die Tasche ihres weißen Kittels.

Ich konnte wenig gegen diese Feststellung einwenden, denn ich sah es schließlich selbst.

Mein Blick hatte sich ja notgedrungen in letzter Zeit für tote Katzen geschärft.

Nachdem ich sekundenlang ziemlich dusselig aus der

Wäsche geschaut hatte, bäumte sich plötzlich in mir etwas auf.

Es konnte doch nicht sein, daß mir eine Katze nach der anderen unter den Händen wegstarb!

„Nein, nein, nein“, schrie ich aus Leibeskräften.

Ich glaube, ich trampelte dazu sogar mit den Füßen wie ein Flamencotänzer.

„Tun Sie was !“ schrie ich die kleine Ärztin an.

Diese war total verschreckt, denn so eine Verrückte war ihr wohl in ihrer Praxis noch nie untergekommen.

„Was soll ich denn tun?“ schaute sie mich vollkommen fassungslos an.

„Irgendwas! Es ist mir schnurzegal, was!“ schrie ich wieder. „Es muß doch irgendwas geben, aber tun Sie es! Bitte, bitte, bitte tun Sie es“, flehte ich plötzlich und begann bitterlich zu weinen und zu schluchzen.

Ausgerechnet hatte ich an dem Morgen keine wasserfeste Wimperntusche aufgestragen, und folglich rollten mir dicke schwarze Tränen über das Gesicht.

Ich muß verheerend ausgesehen haben.

Jedenfalls rannte sie plötzlich los.

Wohin, war nicht ganz klar. Auch nicht, ob sie sich vor mir in Sicherheit brachte, oder ob sie etwas unternahm.

Wenige Augenblicke später kehrte sie mit einer langen Spritze zurück und rammte die Nadel dem Schneeweißchen mitten in die Brust, also mitten ins Herz.

Jetzt war ich diejenige, die einen Schreck kriegte.

Sofort verstummte mein Geschrei.

Gespannt schaute ich auf das kleine Wesen, das wie ein schlaffer Sack mit herabgezogener Unterlippe dalag.

Und siehe, ein Wunder geschah: Noch während der Rest der Spitze eingegeben wurde, begann Schneeweißchen ihre Pfoten zu bewegen.

Als Frau Dr. „Spindeldürr“ die Spritze herauszog, schlug Schneeweißchen wie Schneewittchen im Märchen die Augen auf und war wieder putzmunter.

„Das gibt es nicht“, staunte selbst die große „Heilerin“, dabei wurden ihre Augen fast größer als die kleine Nickelbrille:

„Das gibt es nicht!“

Sie guckte mehrfach die Spritze, die sie immer noch wie eine Art Beweismaterial in der Hand hielt und dann das quicklebendige Schneeweißchen an, das inzwischen über Tisch und Bänke hopste.

So springlebendig war sie, daß sie kurz davor war, die gesamte Praxis auseinanderzunehmen!

Sicherheitshalber packte ich das Energiebündel in den bewährten Transportkorb.

Freudig weinend fielen wir uns in die Arme, die kleine Nickelbrillenärztin und ich.

Ich hätte sie auf diese Brille küssen können

„Hier“, reichte sie mir freundschaftlich ein Stück Zellstoff, damit ich endlich meine düsteren Tränen wegputzen konnte.

Dann schüttelte sie immer wieder ungläubig den Kopf:

„Das habe ich noch nicht erlebt! Wenn Sie nicht so geschrien ...“

„Sie können ruhig sagen, verrückt gespielt hätten ...“, unterbrach ich sie.

„Nein, nein, so meine ich das nicht. Niemals hätte ich diese Spritze geholt. Irgendwie haben Sie mich damit angesteckt, daß wir unabänderlich hilflos vor der Tatsache ‚Tod‘ standen!“

Kaum zu Hause angekommen, nahm Schneeweißchen ihr altes Leben auf, als wäre nie etwas passiert.

***

Ich hatte draußen quietschende Bremsen gehört und wie Schneeweißchen klagend schrie, aber plötzlich auch wieder verstummte, was nichts gutes bedeutete.

Mit anderen Worten, sie war von einem Auto überfahren worden.

Es stand schlimm um sie, es war eine verzweifelte Situation.

Ich wußte, wie schlimm, konnte es aber Frauchen nicht begreiflich machen.

Schreiben kann ich ja schon, aber leider noch nicht reden.

Max und Moritz

Max und Moritz

Es gibt „Klagemännchen“ und „Stehaufmännchen“. Bei Schneeweißchen handelte es sich um ein absolutes Stehaufmännchen.

Kaum hatte sie sich von ihrem Unfall erholt, hörte sie mit „Erholen“ nicht mehr auf.

Sie selbst und auch ihr Bauch wurden immer dicker, und schließlich gab es keinen Zweifel, daß sehr bald frisches Leben auf diese Erde purzeln würde.

Ich weiß nicht, ob es an meinem Schrank lag ...

Jedenfalls schlüpfte auch sie zielstrebig in den Kleiderschrank und behauptete sich dort wie ein Adler in seinem Horst.

Stolz hockte sie auf einem alten Pullover und horchte in sich hinein.

Der Erfolg dieser Horcherei war reichlich, denn in schnellem Ablauf gebar sie zwei rabenschwarze und ein weißes Bündelchen mit ganz vielen Pünktchen.

Leider zeigte sich Schneeweißchen erblich belastet und wie ihre Mutter als eine ausgesprochene Rabenmutter!

Denn kaum hatte sie ihre Kinder geboren, machte sie sich auf und lief irgendwo im Garten herum.

Meine ständige Beschäftigung lag darin, „Muttern“ einzufangen.

Energisch setzte ich sie dann zu ihren Kindern in den Schrank, die hungrig fiepend in ihrem Nest nach Nahrung suchten. Oh, welch' eine Rabenmutter.

Besonders die kleine Weiße mit den Tupfen litt unter dieser miserablen Betreuung.

Wie ein Schwesterchen von Attila sah sie aus, eine ganz außergewöhnliche Laune der Natur.

Besonders zu bemerken war, daß neben den vielen kleinen Tupfen ausgerechnet im Gesicht zwei große Tupfen saßen. Keineswegs störend gaben sie dem Gesicht etwas von einem Stiefmütterchen.

Insgeheim hatte ich sie deshalb „Stiefmütterchen" getauft!

Doch das Schicksal wollte es anders.

Wie befürchtet, litt die kleine weiße Seele, und eines Morgens lag „Stiefmütterchen" wie eine welke Blume tot im Schrank.

Von da an hatte ich genug, griff wieder mal zur Flasche, zog die Katzenkinder selbst auf!

Und das war gut so, denn auf diese Weise entwickelten sich die beiden Kater, inzwischen Max und Moritz genannt, zu zwei lustigen, strammen Kerlen, die sehr bald das Haus und die restlichen Bewohner, außer Julchen, fest im Griff hatten.

Julchen teilte nämlich nach wie vor mit blitzschneller Pfote ihre „Schlitterpartien" für Kleinkatzen aus.

Max und Moritz fanden das von Anfang an toll, fühlten sich wie auf einer Katzenrutsche und krabbelten immer wieder zu dem kinderfeindlichen Julchen hin.

„Klatsch", schon segelten sie wieder über den Boden, quer und längs durchs Zimmer.

Und weil es so schön war, noch einmal.

Attila, inzwischen zu einem ausgewachsenen Dalmatiner herangereift, liebte diesen Nachwuchs abgöttisch.

Ständig war er damit beschäftigt, seine große nasse Nase in die winzigen Fellbündel hineinzubohren.

Während er das tat, schubste er die kleinen Dinger immer vor sich her.

Vergnüglich rollend und winzige Hiebe verteilend, hielten die beiden Rüpel auch das für ein tolles Spiel, kullerten selbst auf dem Boden längs und hopsten anschließend wie kleine Tennisbälle beim großen Attila unter dem Bauch auf und ab.

Rundum gesehen, waren die neuen Katzenkinder zwei gemütliche Hausgenossen.

Da sich ihre Mutter überhaupt nicht um sie kümmerte, kuschelten sich die beiden nach solcher Toberei ganz eng an Onkel Kasimir und schnarchten sich an seiner großen breiten Brust aus, als sei er ihr Vater.

Drei absolut rabenschwarze Kater auf einem Haufen, da wußte man nicht, wo der eine anfing und der andere aufhörte.

In Anbetracht dessen konnte ich aber nun sagen:

„Gestreift, getupft und dreimal schwarzer Kater!“

Eine wunderbare Gemeinschaft, dieses Katzen-Hunde-Gemisch.

Alle waren sie sehr ruhige, liebe Tiere, besonders Kasimir.

Er strahlte eine solche Ruhe, Größe und Gelassenheit aus, daß kein Tier es wagte, mit ihm zu streiten oder mal kurz zu fauchen, wie sie es hin und wieder untereinander taten.

Kasimir war der souveräne King!

Weil er ruhig und behäbig erschien, konnte man glauben, er könne kein Wässerchen trüben.

Ehrlich gesagt, er trübte auch nichts, denn so schnell ließ er sich nicht aus der Reserve locken.

Nur wehe, wenn sich Fremde den jungen Katzenbabys näherten – dann wurde Katerchen zum Stier.

Rette sich, wer kann!

In solchen Augenblicken sah Kasimir nur noch rot, schlug blind um sich, fauchte, bis die Schwarte krachte und machte nichts als Kleinholz aus herumlungernden Nichtstuern.

Was sage ich, Kleinholz, Sägespäne machte er ...!

Ich darf darüber mitreden, denn ich war dabei.

Solche Sachen passieren immer an einem Dienstag, wo bis zu besagter Stunde der Tag vollkommen ruhig vor sich hingeplätschert ist.

Katerchen beispielsweise blinzelte gelassen, im Garten liegend, vor sich hin, hatte den Platz, an dem die Kinder spielten, voll im Blick.

Es war der Tag, an dem Max und Moritz ihre Ohren entdeckt hatten. Sie kullerten auf dem Boden herum und bissen sich immer gegenseitig zärtlich hinein. Wenn es dem einen zuviel wurde, haute er den anderen tüchtig, und der andere durfte beißen.

Dieses Spiel wiederholten sie einhundertfünfundzwanzigmal direkt hintereinander, bis die Ohren ganz naß und glitschig waren.

Schließlich nickte Kasimir einen winzigen Augenblick ein.

Einen Augenblick zu lang, denn haargenau in jenem Zeitraum hatte sich Bobby, ein Kater von nebenan, bis an die Katzenbabys herangearbeitet und einmal ganz neugierig an ihnen geschnuppert. Die beiden Spielmöpse hatten ihn bei ihrer Toberei überhaupt nicht bemerkt.

Bobby hegte absolut keine bösen Absichten, er wollte lediglich mal schnuppern.

Da entdeckte ihn Kasimir.

Plötzlich sah man nur noch einen schwarzen „Streif" durch die Luft zischen.

Und wie der zischte, fauchte und kreischte! Dazu schrie Bobby am Anfang vor Schreck und dann vor Schmerz.

Ähnlich einer wilden Katzenlawine sausten die beiden hin und her. Es gelang nicht zu erkennen, wer vielleicht oben, unten oder sonstwo lag. Man sah nur, wie ein Fellbündel nach dem anderen durch die Luft segelte. Der Häufigkeit nach müßte einer der Kontrahenten am Ende mit nacktem Körper aus dem Getümmel schlüpfen.

Nach Überwindung erster Schrecksekunden beschloß ich,

mit einem Handtuch als Waffe einzugreifen.

Zudem schrie ich aus Leibeskräften:

„Kasimir, Kaaasimir!“

Völlig sinnlos: Bei dem Lärm, den die beiden machten, hörte mich niemand.

Deshalb stürzte ich mich todesmutig mitten ins Getümmel und griff zu.

Wonach, wußte ich nicht, aber irgend etwas würde ich schon zu fassen kriegen.

Zufällig erwischte ich Kasimirs Hinterteil.

Ganz hoch hielt ich das Katertier.

Dabei stellte ich fest, daß ich eine Kette erwischt hatte, denn unten dran hing Bobby.

Und Bobby schrie und zappelte.

Daraufhin schüttelte ich meinen Kasimir, bis er sein Opfer fallen ließ.

„Plumps!“ platschte Bobby, der Geschändete, zu Boden.

Wie er da so lag, erinnerte er sehr an eine zerrupfte Fledermaus.

Kaum hatte Bobby rettenden Boden unter den Füßen ward er nicht mehr gesehen.

Man konnte ihn nur noch riechen, Bobby hatte in seiner Todesangst ein Häufchen verloren.

Mein hängender Königstiger jedoch fauchte und keifte weiter, während er mit den Vorderpfoten in der Luft ruderte, hinter dem Flüchtling her.

Derart hatte ich meinen Kasimir noch nicht erlebt.

Max und Moritz, die Winzlinge, waren vor Angst geschrumpft und hatten sich in einem Mauseloch verkrochen.

Erst jetzt betrachtete ich meine Hände: Sie sahen aus, als hätte ich in einem Kaktus nach meinen Schlüsseln gesucht.

Für Wochen war ich als Katzenmutter deutlich gezeichnet. In kleinen niedlich roten Rinnsalen lief das Blut meine Handrücken entlang.

Auch Katerchen tropfte Blut aus dem rechten Mundwinkel, und hier und da fehlte ihm ein Büschel Fell.

Sein sonst glänzendes Fell wies reichlich Löcher auf.

Egal, er hatte gesiegt!

Während ich nach reichlich Pflaster verlangte, begann Kasimir ein großes Pflegeprogramm und leckte den Rest des Nachmittags seine Wunden.

Bobby hat im ganzen Leben nie mehr diesen Garten betreten, und ich wußte von diesem Tag an, was wirklich in meinem „ruhigen“ Kater steckte.

***

Toll! Da gibt man sich Mühe, alles zu bewachen, und dann wird man noch an den Hinterbeinen aufgehängt.

Als ich Bobby, den „Kinderschreck“, richtig zu fassen hatte, da haute Frauchen ausgerechnet immer mir ihr nasses Handtuch auf den Kopf, anstatt mit mir auf einer Seite zu kämpfen.

Katzenjammer?

Bei meiner Begeisterung, die „Meute“ allein zu lassen, um zu verreisen, kann man sich vorstellen, wie lange ich gebraucht habe, eine geeignete „Ersatzmutter“ zu finden, denn Dr. Sichting war leider nicht mit umgezogen, und Mutter wollte ich nicht für längere Zeit damit belasten.

An solchen Tagen, wo eine Abreise ins Haus stand, wünschte ich mir heimlich einen ordentlichen Migräneanfall, Knöchelbruch oder sonstwelche Mißlichkeiten, die eine Reise unmöglich gemacht hätten.

Schließlich hatte sich das Problem ganz toll gelöst.

Nachbarin Gerti, ebenfalls stolze Besitzerin dreier Katzen, fühlte sich eines Tages sehr zu meinen Katzen hingezogen.

Viele Nachmittage wurden im blumenduftenden Garten verbracht, mancher Abend bei einem Glas Wein geteilt und manche harte Runde Rommé geklopft.

Wenn Nachbarschaft so herzlich verlief, war es eine Selbstverständlichkeit, sich gegenseitig zu helfen.

Deshalb traf man eine Vereinbarung:

Gerti würde meine Katzen „passen", wenn ich verreise und ich ihre, wenn sie verreist.

Vor allem war ich sicher, daß sie alles richtig machen würde, weil sie selbst ihre Katzenkinder absolut liebevoll umtüddelte und Bingo, Bobby und Berta, ihre drei getigerten „Bomber", beinah als ihre Familie ansah.

Ihre Katzen konnte man wirklich „Bomber" nennen, denn im Verhältnis zu meinen normal kräftigen Exemplaren hatten sie schwer Ähnlichkeit mit wohlgenährten afrikanischen „Wollschweinchen".

Damit innerhalb des Urlaubs keine Störungen auftraten, hatten wir verabredet, keinerlei unnütze Anrufe zu tätigen, wie:

„Wie geht es und wie steht es?"

Nur in dringenden Fällen, also wenn es um Leben und Tod ging, waren Anrufe gestattet.

Als ich nach drei Wochen wiederkam und mich Gerti vom Bahnhof abholte, erschien sie mir vollkommen verstört.

Auf der Fahrt nach Hause schaute ich sie vorsichtig von der Seite an. Ein bißchen müde sah sie aus, und eine Menge graue Haare kringelten sich in ihre sorgenvolle Stirn.

„Stell keine Fragen", bat sie mich, „du wirst die Bescherung schon sehen!"

Beruhigend wirkte diese Auskunft nicht, und ganz zaghaft stellte ich trotzdem eine Frage.

„Ist es was Schlimmes?“

Gerti zuckte mit den Schultern, „schlimm?“

Nach einer Weile der Überlegung und fast mit Tränen in den Augen meinte sie: „Das weiß ich nicht. Aber seltsam ist es schon!“

Das entwickelte sich ja spannender als ein Krimi.

„Haben die Katzen was angestellt?“

Sie schüttelte den Kopf!

Ich atmete auf!

Gerti schwieg sich aus.

Am Haus angekommen, stand Julchen wie eine Wächterin am Gartentor und nahm mich in Empfang.

Ehrlich gesagt, ich mußte zweimal hingucken, denn da stand scheinbar nur das halbe Julchen.

Sie war dünn wie ein Bindfaden, ihre Beckenknochen ragten, einer Schindmähre gleich, knochig aus dem Fell.

Kater, Max, Moritz, Schneeweißchen – alle tauchten sie nach und nach neugierig auf, und alle hatten Ähnlichkeit mit Julchen.

Vor mir standen sechs ratlose Klappergerüste, die nur wenig katzenähnliche Konturen aufwiesen.

Ich staunte nicht schlecht.

„Was ist denn hier los?“

„Das ist eine gute Frage“, meinte Gerti.

„Sind sie krank, haben sie Würmer?“

„Weder noch, ich war mit allen beim Arzt, sie haben nichts, sie sind kerngesund und haben auch alle jeden Tag ihr Futter gefressen, genauso wie du es angeordnet hast!

„Was soll das bedeuten?“ Ich nahm Julchen auf den Arm und spürte jeden einzelnen ihrer Knochen.

„Du kannst dir nicht vorstellen“, meinte Gerti, „was ich für schlaflose Nächte hinter mir habe!“

Das konnte ich mir schon vorstellen, denn meine ganze

prächtige Prinzen- und Prinzessinnenschar sah plötzlich aus wie ein Rudel abgewrackter Hinterhofkatzen, die unter Mülleimerdeckeln schliefen.

Nicht nur, daß sie total abgemagert vor sich hinklapperten, auch ihr Fell erkannte ich nicht wieder: Es stand spröde, fast stachelig von ihren knochigen Körpern ab, als würde es nicht dazugehören.

Welch erbärmlicher Anblick!

Als alle noch jämmerlich miauten und Gerti mir heulend in die Arme fiel, bröckelte sämtliche Urlaubskraft von mir ab.

Der Alltag hatte mich wieder.

Ein riesige Wolke des Schuldgefühls drückte mich förmlich auf die Erde nieder.

„Wäre ich bloß nicht gefahren!"

„Bitte, komm mit in die Futterküche, du kannst es dir mit eigenen Augen ansehen!" forderte mich Gerti auf, während sie sich ihre dicken Tränen abwischte.

Wir gingen zu den Näpfen, Gerti machte die Dosen auf, verteilte sie in die Schüsselchen. Alle Katzen stürzten sich auf ihre Portion und fraßen „zappzerapp" alles leer.

„Ja und?" fragte ich erstaunt.

„Ja", meinte Gerti, „so haben die jeden Morgen und jeden Abend reingehauen, aber sie wurden trotzdem von Tag zu Tag dünner!"

Während sie das sprach, marschierte die Bande, sich hier und da leckend, ab, um wieder die gewohnten Liegeplätze im Haus einzunehmen.

Trotz ihrer „Dürre" machten sie einen recht munteren Eindruck.

Sehr rätselhaft diese Geschichte.

Am nächsten Morgen rief ich den Tierarzt an, zu dem die arme Gerti sie alle gekarrt hatte.

Er bestätigte:

„Ihren Katzen fehlt nichts!"

Nach drei Tagen „wieder daheim" wußte ich, was ihnen fehlte:

Ich!

Ohne, daß ich irgend etwas anders gestaltete als Gerti, blühten die Katzen auf.

Nach fünf Tagen stolzierten sie alle wieder kugelrund und gesund durchs Haus.

Total schmusebedürftig schlichen sie um mich herum, und besonders Julchen und Kasimir ließen mich nicht mehr aus den Augen.

Als wollten sie sichergehen, daß ich nicht wieder verschwand.

Gerti verstand die Welt nicht mehr.

„Das ist unmöglich, kaum bist du da, geht die ganze Mannschaft auf wie Hefekuchen!"

In Anbetracht dessen wurde mir klar, daß meine Katzen in gleichem Maße litten wie ich, wenn wir uns trennten.

Dann nahte der Tag, an dem Gerti verreiste.

Sie stellte sich nicht minder schlimm an:

„Bodo möchte immer ein bißchen Büchsenmilch, aber nur im blauen Schüsselchen, Bobby nascht gern von den harten Breckies. Gib aber nur eine Handvoll. Wenn er zuviel kriegt, frißt er zu hastig und kotzt es wieder aus.

Bingo muß mindestens einmal am Tag sein Kissen aufgeschüttelt kriegen, sonst legt er sich nicht wieder drauf!"

Diesmal war ich diejenige, die eine Katzenmutter energisch aus der Türe schob und „mach bloß, daß du rauskommst!" schimpfte.

In dem Moment, wo ich Gerti verabschiedete, fiel ihr siedendheiß etwas ein:

„Du grüne Neune, jetzt hätte ich bald vergessen, dir zu sagen, die Kinder haben gestern eine winzige Katze gebracht, haben sie wohl irgendwo gefunden. Sie liegt in einem kleinen Korb im Keller. Ich habe ihr etwas Milch neben den Korb gestellt. Du brauchst dich nicht weiter um sie zu kümmern, die schläft sich erst mal gesund!"

„Ja, ja, ich krieg das schon in den Griff, mach du erst mal, daß du wegkommst!"

Als Gertis Auto um die Kurve bog, atmete ich auf.

Dann atmete ich durch und ging in den Keller, um nach dem Katzenkind zu gucken.

Ehrlich gesagt, anfangs sah ich nichts, denn ich konnte kaum glauben, daß dieser kleine Knubbel ein Kätzchen sein sollte.

Es war knapp so groß wie ein Däumeling.

Die Schüssel mit der Milch, die Gerti danebengestellt hatte, wirkte wie ein Bassin.

Das Kätzchen hätte bequem Frei- und Fahrtenschwimmer darin machen können.

Kurzum: Ein Hauch von Katze war das!

Ich wagte nicht, das Tierlein anzufassen. Vielleicht zehn Zentimeter groß, konnte ich es mit zwei Fingern tragen.

Als ich es auf meine Hand legte, reichte es vom Handballen bis zu den Fingerspitzen.

Ich verstand nichts mehr, Gerti war wohl verrückt:

„... du brauchst dich nicht darum zu kümmern, die Katze schläft sich erst einmal gesund ...!"

Diese Worte klangen mir noch deutlich in den Ohren.

Dabei war das klitzekleine Gewurschtel bereits dermaßen schwach – es schien bereits in den ewigen Schlaf hinüberzudämmern, denn nur mit Müh' und Not ließ es sich wecken.

Ich wollte ihr die Augen öffnen – unmöglich, sie waren völlig vereitert und verklebt.

Was sollte ich tun?

Ab zum Arzt, gab ich mir selbst das Kommando.

Dort angekommen, setzte ich die „Däumeline", denn daß es sich um ein Weibchen handelte, hatte ich inzwischen festgestellt, auf den Behandlungstisch.

Für meine Begriffe ein viel zu großer Tisch, denn Dr. Ulrichs dachte im ersten Augenblick, ich hätte einen schwarzen Minihamster mitgebracht.

„Die ist hin“, meinte er nach der ersten Untersuchung, „sehen sie mal, die ist schon völlig ausgetrocknet, die Haut bleibt stehen wie Pergament, wenn ich sie anhebe!“

Tatsächlich, um mir die Tatsache deutlich zu machen, zog er das Fell ein bißchen in die Höhe.

„Was könnte man denn tun?“

„Man könnte höchstens etwas Kochsalzlösung unter die Haut spritzen, aber das ist hier zu spät!“

In diesem Moment hob die kleine Patientin ihr winziges Hinterteil und setzte mit sprotzendem Geräusch einen satten grünen Klecks auf den Behandlungstisch.

„Außerdem hat sie starken Durchfall, sie müßte mit einer Spezialnahrung künstlich ernährt werden!“

Komischerweise konnten mich diese schlechten Nachrichten überhaupt nicht beeindrucken.

„Na gut, dann geben sie die Spritze unter die Haut und dann her mit der Spezialnahrung! Ich bring’ die Kleine schon durch!“

Nicht eine Sekunde zweifelte ich, das zu schaffen.

Dr. Ulrichs zuckte mit den Schultern, musterte mich merkwürdig, gab die Spritze und zeigte mir, wie das Pülverchen der Spezialnahrung angemischt werden mußte.

Er gab für diese Katze nicht einen Pfifferling.

„Sie müssen eine Spritze ohne Nadel nehmen. Hier, ich gebe Ihnen ein paar mit. Ferner empfiehlt es sich, die kleine Lefze hochzuheben, sehen Sie, so ungefähr, damit Sie die Flüssigkeit hineinspritzen können. Am besten das Mäulchen dabei zuhalten, dann muß sie schlucken, ob sie will oder nicht!“

„Jawohl“, mir war nichts zuviel, ich würde alles nach Anordnung tun.

Mit diesem Ziel fuhr ich mit meiner halben Portion wieder heim.

Als erstes wickelte ich der kleinen Maus wegen des Durchfalls Toilettenpapier-Windeln um den Po.

Das Wort „Durchfall“ traf hier voll zu, denn alles, was man oben mühselig hineinschüttete, fiel unten postwendend wieder raus.

Dann wickelte ich mir einen dicken selbstgestrickten Wollschal um den Bauch und steckte das „Windelbaby“ wie in ein Wickelkissen dort hinein. Den Kopf und die beiden Vorderpfoten ließ ich oben herausgucken.

Ich war zwar nicht sicher, ob „Babylein“ mitspielen würde, aber man würde sehen.

„Stine“, so hatte ich sie inzwischen getauft, spielte nicht nur mit!

Im Gegenteil, sie fühlte sich mehr als wohl, gefüttert und frisch gewickelt, schlief sie sehr bald an meinem Bauch ein.

Sie benahm sich wie ein richtiges Baby, je mehr ich mich bewegte, um so tiefer schlief sie ein.

Sieben Tage und sieben Nächte trug ich sie um meinen Bauch gewickelt.

Problemlos ging ich mit ihr einkaufen, zum Damenkaffee – egal wohin, Stinchen gab keinen Mucks von sich und fühlte sich sauwohl an diesem Platz.

Bald schaute sie mich mit blitzblanken, kugelrunden Augen an, sie waren völlig verheilt.

Wieder „bald“ fiel unten nichts mehr raus, und ganz „bald“ war ihr Fell fest und geschmeidig, und ich konnte sie aus ihrem Wickelkissen entlassen.

Und als hätte sie schon hundert Jahre zu dieser Familie gehört, wurde sie von den anderen Banausen gleich akzeptiert und geliebt. Selbst Julchen schnuffelte und schmuste mit ihr und verzichtete voll und ganz auf ihre berühmten „Katzenhiebe“.

Als Gerti bei ihrer Rückkehr nach ihrer Kellerkatze suchte und das prächtige Wesen mit den strahlenden Augen bei mir entdeckte, war sie ganz schön erstaunt, was aus kleinen

„Katzenwürmchen“ werden kann.

Tja, und da mir Stinchen unter meinem Bauch ans Herz gewachsen war, wagte sie es nicht, die Katze herauszufordern.

Mein Stinchen gehörte mir – und damit basta!

***

Wie kann man nur so dumm fragen, wir waren alle total fertig, denn uns quälte fürchterliche Angst.

Meinen Erinnerungen nach blieb Frauchen, als sie uns das erste Mal verließ, ganze fünf Tage, dann kehrte sie wieder heim, und alles war gut.

Diesmal gingen die fünf Tage rum, und nichts geschah.

Eine Woche nach der anderen verging, und Frauchen kam nicht zurück.

Wir fühlten uns verloren.

Als hätten wir es geahnt, gaben wir uns bereits bei der Abreise richtig Mühe, Frauchens Vorhaben gründlichst zu verhindern.

Beim Kofferpacken ließen wir uns jedwede Störung einfallen. Julchen hat sich konstant mitten in den Koffer gesetzt.

Ich bin in sämtliche Taschen gekrochen.

Max und Moritz leisteten besonders gute Arbeit am Auto, hielten es rund um die Uhr besetzt.

Moritz schaffte es sogar, in einem unbeobachteten Augenblick ins Auto hineinzukommen.

Eine Nacht hat er da drin geschlafen und tüchtig rumgepinkelt.

Mit dem Gestank kann sie nicht fahren, dachte er und hielt das für eine gelungene Sache.

Frauchen aber fand es gar nicht gelungen!

Im Gegenteil, sie zeigte sich äußerst sauer auf uns, und der Abschied fiel ihr somit leicht.

Anfangs schrubbte sie wie ein wildgewordener Handfeger mit Essig auf den Sitzen herum, dann hat sie sich entschlossen, mit der Bahn zu fahren.

Vor Sorge um sie innerlich zerfressen, magerten wir fürchterlich ab.

Schließlich ist sie unser ein und alles.

Attila dagegen war bei seiner Freundin Herta untergebracht. Er kam nach Hause, dick und fett.

Kugelrund war er.

Er sah aus, als hätten sie ihm einen Strohhalm in den Hintern gesteckt und ihn aufgeblasen.

Wenn diese Herta zu Besuch kommt, benimmt sich Attila ganz schön gemein. Nur weil die pausenlos irgendwelche Leckerchen in ihn reinstopft, die er von Frauchen niemals bekommt, scharwenzelt er nun um Herta rum.

Frauchen ist dann völlig abgemeldet.

Er zeigte sich ziemlich schlecht gelaunt beim „Wiedersehen“.

Ein paar Tage später hat er sich klammheimlich an den Computer rangemacht.

Ich sollte ihm helfen.

Hab’ ich getan.

Und tatsächlich schrieb der an diese Herta einen Brief.

Doof wie er ist, hat er den Brief fein säuberlich abgespeichert ...

Somit hat Frauchen die Bescherung gelesen.

Da war aber was los!

Deshalb durfte auch ich und nicht er beim Buch mitschreiben...

Liebe Herta!

Da staunst Du, von einem Hund einen Brief zu bekommen, aber „Frauchen“ ist gerade mal draußen, kauft etwas für Euch ein.

„Sie“ hat fürchterlich mit mir gemeckert, ich hätte Euch ja wohl die Haare vom Kopf gefressen und so ...

Natürlich maßlos übertrieben von „ihr“, denn ich habe keinen von Euch je mit Glatze angetroffen.

Sicher wunderst Du Dich, daß ich so prima mit dem Computer umgehen kann. Kein Wunder, habe „ihr“ schließlich lange genug von meinem Körbchen aus zugeguckt.

Liebe Herta, nicht einmal vierundzwanzig Stunden bin ich von Dir entfernt, oder besser entfernt worden, und schon zerspringt mein Herz vor Sehnsucht.

Ich kann die schönen Tage bei Dir nicht vergessen, denn so wie Du verwöhnte mich bisher noch keine Frau.

Und ich versichere Dir, wie ich Dich liebe, hat Dich noch kein Mann, zumindest kein Hundemann, geliebt.

Vorbei die Träume mit den köstlichen Schüsselchen voller Reisbrühe mit feiner Fleischeinlage.

Kaum kann ich Dir beschreiben, wie schlecht mir wurde, als „sie“ mir heute morgen den üblichen Büchsenfraß vor die Schnauze stellte.

Ein Sekündchen schnüffelte ich hinein ...

Während ich anschließend gelangweilt aus dem Fenster schaute, beschimpfte „sie“ mich.

„Pah", hat „sie" gesagt, „dann frißt du eben nichts!" Das war's.

Die blöden Katzen haben sich natürlich über meinen Protest diebisch gefreut und sehr bald, ratzeputz, meinen Napf leergemacht.

Na ja, ich kann ihnen nicht böse sein, den Armen, denn sie haben noch nie etwas anderes kennengelernt.

Tja, gegen Mittag hat „sie" dann wohl ganz winzige Gewissensbisse gekriegt und mir eine Schüssel voll dieser drögen Hundekringel hingestellt.

Um ein Haar hätte ich einen Heulkrampf gekriegt.

Eines von diesen popeligen Dingern pulte ich heraus und ließ es lustlos durch die Küche kullern, um ihr meine Verzweiflung deutlich zu machen.

Ohne Erfolg!

„Sie" versteht nix!

„Sie" hat nur ungerührt diesen knochentrockenen Krümel aufgehoben und wieder in den Napf zurückplumpsen lassen.

„Dann eben nicht", war alles, was „sie" gesagt hat.

Meine liebe, heißgeliebte Herta, wenn Du wüßtest, was ich leide, denn nicht nur das Essen ist hier hundsmiserabel.

Da hat dieses Luder doch, was sich mein Frauchen nennt, nicht einmal Zeit für mich.

Im Schnellgang saust sie mit mir einmal um den Block, nur weil sie diesen einen „Kerl", ihren sogenannten Lebensgefährten, mit hierhergeschleppt hat und dauernd mit ihm rumschmust.

Wenn der da ist, darf ich nicht eine Pfote ins Schlafzimmer setzten, sie kichern und lachen dann hinter verschlossenen Türen. Mit mickrigen Schinkenscheiben wollte sich dieser Mann in meine Herzkammern schleichen.

Gestern zweigte er sogar eine halbe Bulette hinter Frauchens Rücken vom Essen ab! Da kann ich jedoch nur müde lächeln und lege mich lieber in meinen Korb.

Ich stecke den Kopf unter die rechte Pfote und träume von Dir, Deiner feinen Küche mit den wundervoll schnuppernden Töpfen, den Düften, die ständig um meine Nase züngelten, klappernden Tellern und Deinen zarten Liebkosungen.

Ganz doll träume ich von unseren ausgiebigen geruhsamen Spaziergängen oder von den Nachtspaziergängen mit Deinem netten Sohn, dessen kuscheliges Sofa ich benutzen durfte.

Sage ihm noch einmal vielen herzlichen Hundedank.

Ihr wart alle unheimlich nett zu mir.

Ich mußte grad mal eine Pause einlegen, konnte nicht weiterschreiben vor lauter Trauer.

Habe eine kleine Runde in meine Rosenkissen geweint.

Pah! Rosenkissen, welch dusselige Idee von „ihr"! Was interessieren einen Hund Rosenkissen? Lieber sollte „sie" sich über meinen neuen Speiseplan Gedanken machen.

Im Augenblick bete ich inständig, daß „sie" wieder auf eine Reise muß.

Aber wie mir zu meinen getupften Schlappohren gekommen ist, geht „sie" vorerst nicht auf Reisen, und wenn, nimmt sie mich mit, weil sie mich angeblich so liebt ...

Mit anderen Worten, „sie" will jeglichen Kontakt zwischen uns verhindern.

Warum, frage ich mich, tut „sie" das, wo ich mit Dir und Du mit mir so glücklich bist?

Dabei hat „sie" mir grad mal, seit „sie" wieder da ist, ziemlich unpersönlich, also beinah lieblos, mehr kameradschaftlich, auf den Hintern geklopft und gefragt:

„Na, wieder schön, bei Mama zu sein?"

Am liebsten hätte ich ihr mein „Nee" mitten ins Gesicht gebellt.

Aber das ist das Tragische, wenn man „nur" ein Hund ist, so kann ich ihr nicht einmal tüchtig die Meinung sagen.

Deshalb, meine heißgeliebte Herta, dieser Brief, damit

Du wenigstens weißt, wie aussichtslos sich meine Lage hier gestaltet.

In der Hoffnung, daß ich mich in diesen chaotischen und vom Speiseplan her eher schlichten Haushalt wieder einlebe

grüßt und küßt Dich inniglich

Dein Dich liebender Attila

Frühreif

Frühreif

Stinchen reifte schnell zu einer schmucken Katze heran. Somit war ich stolze Besitzerin von fünf schwarzen Katzen, einer gestreiften und einem getupften Hund.

Wenn das in solchem Tempo weiterging ...

Es ging so weiter!

Fruchtbar wie mein „Katzenhaus“ zu sein schien, überraschte das feingliedrige, übersensible Stinchen ihre Umgebung damit, daß sie im zarten Alter von acht Monaten bereits Kinder gebar.

Da Stinchen, wie schon bemerkt, sehr grazil und schlank war, hatte ich mich gefreut, daß sie in den letzten Monaten etwas kräftiger aussah. Ein dicker Bauch vielleicht oder sonstwelche verdächtige Fülle wurde von niemandem bemerkt.

Stines Schwangerschaft verlief unmerklich, erkannte ich erst in dem Augenblick, als es sich bereits um eine niedliche Mutterschaft handelte.

Mir fiel nur auf, daß sie verdächtig oft um den Geräteschuppen herumkrabbelte und manchmal darunter verschwand.

Ahnungsvoll schlich ich deshalb hinter ihr her, um gründlich unter dem Schuppen nachzusehen.

Tatsächlich saß sie in der äußersten Ecke.

Ich traute meinen Ohren nicht, vernahm ich doch ein zartes Piepen.

„Das gibt es nicht, das Kind hat Kinder!“ murmelte ich.
Vor allem: Wie konnte es überhaupt dazu kommen? Niemals hatte ich einen fremden Kater im Garten gesehen.
Was half's? Geschehen war geschehen.
Bei Stinchens zarter Konstitution überfiel mich fürchterliche Besorgnis, die Katzenbabys könnten unter dem Schuppen jämmerlich verenden.
Aber wie sollte ich an die Jungen herankommen?
Drunterkrauchen hielt ich für unmöglich, nicht mal Twiggy wäre da durchgekommen.
Die einzige Möglichkeit bestand darin, den ganzen Schuppen abzubauen.
Im Geiste schlug ich schon mit Hammer und Säge um mich.
Stine ahnte wohl, was ich vorhatte, deshalb kam sie mir hilfreich entgegen.
Plötzlich nachmittags um halb vier schleppte sie eines ihrer Kinder hervor.
Ganz still hing das Kleine in ihren Fängen.
Sie überlegte eine Weile, wohin sie gehen sollte.
Dann entschloß sie sich für das Sofa im Wohnzimmer und legte das Kleine zwischen den Kissen ab. Anschließend sprang sie vom Sofa und holte das nächste.
Voller Freude paßte ich inzwischen auf den selbstverständlich schwarzen Nachwuchs auf.
Richtig, schon brachte sie Nummer zwei – auch rabenschwarz.
Dann holte sie Nummer drei, ebenfalls schwarz.
Als sie abermals vom Sofa sprang, schrie ich entsetzt: „Nein!“
Aber sie schleppte noch eins herbei, und – welche Freude – nach den drei rabenschwarzen ein schneeweißes.
Jene Variationsbreite hatten wir schon einmal.
Diesmal wollte ich aber aufpassen, damit nicht wieder ein Malheur passierte.

Von wegen arme Kinder.
Stinchen hatte in der Zeit, wo sie alles alleine besorgte, gute Arbeit geleistet.
Die Kleinen strahlten blitzsauber mit bereits geöffneten Augen in die neue Welt, und ihre Fellchen glänzten wie Butter in der Sonne.
Ich war baff, denn vor gar nicht langer Zeit war sie selbst noch ein klitzekleines Kind – und welch ein hilfloses.
Als Mutter hatte ich sie einwandfrei unterschätzt, sie sorgte weiterhin ganz alleine für ihre Kinder.
Auf dem Sofa konnte diese Großfamilie keinesfalls bleiben, und deshalb spendierte ich einen großen Wäschekorb, in dem alle ihre Ruhe finden sollten.
Aber auch darin irrte ich mich.
Der Wäschekorb brachte für niemanden Ruhe.
Unter dem Schuppen, da fühlten sich die kleinen Racker versteckt und sicher. Sie hatten Angst vor der Welt da draußen.
Im Korb, mit oben nichts drüber, gingen sie gleich auf Wanderschaft.
Kaum saß Stine mit den Kindern drin, kletterten alle vier die Korbwand hoch und kullerten nacheinander über den Rand.
Ich verstand: Eine Art Schuppensituation mußte hergestellt werden.
Zufällig fand ich einen riesigen Karton von einem neu angelieferten Fernseher, da hinein verpackte ich die ganze Gesellschaft.
Eine gute Entscheidung!
Die Kartonwände waren zu glatt, die Kinder rutschten immer wieder ab, gaben Ruhe und blieben artig bei der Mutter und nuckelten.
Stinchen entwickelte sich zu einer zauberhaft besorgten Mutter und hütete glücklich und zufrieden ihr gemütliches Kartonhaus. Um diese Kinderstube brauchte ich mich nicht

zu kümmern. Alles verlief reibungslos und schön.

Zu schön, und deshalb tropfte sehr bald der berühmte Wermutstropfen in die Idylle.

Gleich am nächsten Morgen sah ich die Bescherung.

Ausgerechnet die kleine weiße Katze lag tot zwischen den herumtollenden Geschwistern.

Woran war sie gestorben?

Niemand konnte es erklären! Plötzlicher Kindstod vielleicht?

Es war zum Heulen, wie verhext – immer blieb ich auf schwarzen Katzen sitzen.

Es erschien mir, als säße das Schicksal kichernd in der Ecke.

Tränenüberströmt beerdigte ich die kleine weiße Lilie.

„Neun Katzen, eine wirklich stolze Zahl!" meinten die Leute.

Doch mir bedeuteten die vielen Tiere nicht die winzigste Belastung.

Zudem schienen Stines Kinder besonders hübsch geraten.

Beim Anblick dieser Schönheiten wurde mancher schwach:

„Wenn du eine davon loswerden möchtest, dann gib sie mir, ich wollte schon immer eine Katze haben!"

Von allen Seiten her bequatschte man mich in dieser Richtung!

„Neun Katzen sind zuviel, zwei von den dreien nehme ich, eine davon darfst du behalten!" schwätzte der nächste.

Aber vorerst gab es gar nichts, Fritz, Paulana und Paulinchen sollten erst einmal eine glückliche „Kartonkindheit" genießen.

Und das taten sie gründlich!

Wenn ich das traute Glück betrachtete, konnte ich mich gerade noch zurückhalten, nicht mit in den Karton zu krabbeln.

Aber es dauerte nicht lange, und die kleinen Kratzepfoten krallten sich in die Pappe, und eins, zwei, drei, fix purzelten drei übermütige Katzenkinder ins Zimmer hinein.

Katerchen, müde vom vielen Kinderhüten, beachtete die übermütige Schar so gut wie gar nicht.

Wenn die Rasselbande über den Kartonrand schwebte, suchte er das Weite.

Julchen zeigte sich den Kindern gegenüber absolut reserviert. Flucht war für sie die einzige Lösung.

Manchmal flüchtete sogar ich.

Kein Wunder! Wenn da drei mit spitzen Zähnen und noch spitzeren Krallen bewaffnete Fellknäule wie Geschosse umhersausten, mußte man unweigerlich nackte Füße und Hände in Sicherheit bringen.

Vor allem hatte ich nie so ausdauernde Spielmäuse erlebt.

Stundenlang hüpften und flitzten sie in einem Karton mit Löchern herum.

Nach allem wurde dabei geschnappt.

Pfoten, Ohren und Schwänzchen, besonders nach denen, die keck durch ein kleines Kartonfenster zipfelten.

„Hallo, hier bin ich, ich möchte meine Katzen abholen", mit diesen Worten schneite Freundin Barbara Wagner aus Wiesbaden eines Tages ganz frech zur Türe rein.

Extrafrech gab sie sich, weil sie wußte, nie und nimmer würde ich mich freiwillig von meinen Katzen trennen.

Auch ich hatte inzwischen die Überlegung angestellt, denn Barbara besitzt keine einzige und ich neun. Da würde sie sich sicher über zwei Katzen freuen!

Aber meine Gefühle sprangen bei diesem Gedanken im Dreieck.

Nachbarinnen eilten zur Verstärkung herbei und überredeten mich in guter Absicht:

„Sieh mal, so viele Katzen, das Futter ... und wenn du verreist!"

„Wieso, Gerti? Willst du nicht mehr kommen?"

„Na, selbstverständlich! Darum geht es doch gar nicht. Sei vernünftig. Eins kannst du behalten!“

„Kinder, tut mir das nicht an, sie sind noch viel zu klein.“

Während dieser Unterhaltung tollten die Lauser um die langen Damenröcke herum und gingen den Kaffeetanten dermaßen an die Beine, daß es nur so ratschte. Schmerzgeplagt kreischend löste sich die Kaffeetafel auf.

Tiefe Kratzer mit niedlichen Hautfetzen blieben mancher Dame als bleibende Erinnerung.

Ich lachte begeistert. Vielleicht wollte Freundin Barbara unter solchen Umständen keine Katze mehr haben.

Nichts dergleichen: Äußerst geduldig entfernte sie eine Krallenpfote nach der anderen aus ihrem teuren Pullover.

Obwohl lang herunterhängende Fäden am rechten Ärmel das wertvolle Stück zu einem traurigen Lumpen degradiert hatten, verabschiedete sich Barabara Wagner aus Wiesbaden mit den Worten:

„Ich komme in zwei Wochen wieder, aber dann sind sie alt genug, und ich nehme sie mit!“

Ich empfand das als Drohung!

Warum ließ man mir nicht meine Katzen?

Andererseits sprach meine Vernunft:

„... sieh mal, sie kommen in absolut gute Hände ... und ...!“

Nächtelang wälzte ich mich hin und her.

Ich fühlte mich beinahe so, als sollte ich eigene Menschenkinder hergeben.

***

Frauchen kriegt ja beileibe nicht alles mit.

Ich beachtete die Kinder sehr wohl.

Was Fritz anbelangte, so hatte er als einziger von uns hellgrüne Augen, so grün wie das Gras.

Zudem war er der unkomplizierteste Kater, den es je gab.

Nichts, was er nicht konnte; er paßte sich jeglicher Situation an.

Was Frauchen ebenfalls nicht wußte: Ich habe Stine damals am hellichten Tag mit einem „Halbperser“, dunkelgrau mit grünen Augen, hinter den Johannisbeerbüschen erwischt.

Ihre abendliche Abschließerei mit der Klappe nützte also so gut wie überhaupt nichts.

Genau von diesem Halbperser, da am hellen Tag, von dem hatte der Fritz seine grünen Augen.

Und mit diesen Augen erreichte er bei Frauchen alles.

Ich gönnte ihm seine Vorteile, denn hinter seinem Mut, der ihn zusätzlich auszeichnet, können wir uns alle verstekken.

Ich bewundere ihn.

Wenn Frauchen mit dem Staubsauger wild durch die Wohnung donnert, gehen wir alle panisch flüchten.

Nicht Fritz! Er bleibt sitzen, wo er sitzt, und schaut Frauchen gemütlich bei der Arbeit zu.

Weshalb ich das erzähle? Ich möchte nur aufklären, wie selbständig und einfach die Kinder von Stine sind. Ganz anders als die anderen Babys vorher. Deshalb brauchte ich mich auch nicht um sie zu kümmern. Die kamen allein zurecht, benötigten keinen Onkel Kasimir. Aber trotzdem habe ich sie unheimlich lieb.

Abschied ...

Noch während ich mich quälte, welches Kind ich abgeben sollte, half das Schicksal bei der Entscheidung.

Allerdings auf sehr traurige Art!

Eines Sonntag morgens, ich saß gerade gemütlich beim Frühstück, klingelte das Telefon:

„Ich glaube, eine Ihrer Katzen liegt tot auf der Straße!"

Einerseits bekam ich einen fürchterlichen Schreck, andererseits konnte ich mir das allerdings kaum vorstellen, denn eben noch hatten alle neben dem Tisch gesessen.

Wie sollte eine Katze überfahren worden sein, wo doch so selten ein Auto die Straße befuhr?

Trotzdem machte ich mich auf.

Tatsächlich! Nicht weit entfernt lag eine riesige schwarze Katze langgestreckt auf der Fahrbahn.

Ich schaute sie mir an. Nein, so eine große Katze besaß ich nicht!

Behutsam nahm ich das tote Tier und legte es in den Straßengraben.

Im Weggehen bedauerte ich die Familie, die einen solch schönen Kater verloren hatte.

Gott sei Dank war es keine von meinen.

Ich weiß nicht warum, aber je weiter ich mich von dem Leichnam entfernte, desto mehr beunruhigte mich dieser Vorfall.

Ich wurde unsicher, deshalb wollte ich der Sache noch

einmal gründlichst nachgehen.

Inzwischen fiel mir ein, daß meine Tiere alle eine Tätowierung im Ohr trugen.

Selbst die Nummern wußte ich.

Am 3. Mai waren Max und Moritz geboren, bei der Kastration ließ ich praktischerweise gleich ihr Geburtsdatum ins Ohr schreiben.

Bangend nahm ich mir das Katzentier noch einmal vor.

„3. 5." war deutlich zu lesen!

Vor Schreck sprang ich hoch, jetzt erkannte ich ihn auch an ein paar winzig weißen Haaren, ganz dicht am Schnäuzchen: Es war mein Max!

Vor knapp einer Stunde hatte er beim Frühstück noch wohlig warm auf meinem Schoß gesessen, das war sein Privileg.

Max – mein zärtlicher „Frühstücksschmuser".

Ihm reichte die Zeit morgens, ansonsten kümmerte er sich den Tag über wenig um mich. Vielleicht abends nach dem Füttern wurde ich noch mal durchgeschmust, aber dann suchte er sich einen Sessel und wollte nicht gestört werden.

Max tot!

Jenen Sonntag hätte ich am liebsten aus dem Kalender gestrichen.

Aber das Leben geht weiter.

Liebevoll trug ich meinen Max nach Hause, sein Körper war noch ein ganz kleines bißchen warm.

Verletzungen konnte ich keine an ihm entdecken, aber er war unweigerlich tot.

Fassungslos beerdigte ich ihn unter einem Mandelbaum.

Am Sonntag danach erschien Barbara Wagner aus Wiesbaden erneut auf der Bildfläche.

Ich empfand sie penetrant, ausgesprochen lästig, gemein, hätte sie am liebsten kommentarlos an die frische Luft gesetzt.

Trotzdem war ich einsichtig: Ich besaß zu viele, und sie

hatte überhaupt keine Katzen.

„Gut", begann ich mit ihr die Verhandlung, „du bekommst eine Katze, das Paulinchen, und ich behalte zwei, die Paulana und den Fritz."

„Fritz" taufte ich kurzerhand um in „Max" – er wurde sozusagen „Max zwo".

Einerseits glücklich über diese Lösung, fühlte ich mich trotzdem kreuzunglücklich, daß ich Paulinchen einfach weggab.

Mir drehte es das Herz im Leibe um, wie sie friedlich in ihrem Tragekorb sitzen blieb und mit Barbara Richtung Wiesbaden entschwand.

Mein Nervenkostüm wies erhebliche Löcher auf vom vielen Abschiednehmen und den ständig wundersamen Vermehrungen.

Aus diesem Grund wurde Stine so bald wie möglich sterilisiert, und ich schwor, keine einzige Katze, ob gefunden oder verlassen, mehr mit nach Hause zu nehmen.

Nur kannte ich mich und meine Schwüre.

In diesem Fall half mir die pfiffige Katzenbande.

Eines Tages klingelte es wie wild an der Türe: Ich stand gerade stadtfein parat, wollte zu einer Einladung.

„Hier!" Mit diesem kurzen Kommentar warf mir Nachbar Robert zwei klitschnasse Katzenkinder, etwa drei Monate alt, auf meine blitzsaubere Bluse.

„Die habe ich am Bach gefunden. Jemand hat sie ersäufen wollen, und das ist nicht ganz gelungen!"

Natürlich drückte ich die armen Dinger, die dem Tode knapp entronnen waren, liebevoll an meine inzwischen ebenfalls klitschnasse Brust.

Einladung ade. Ich kümmerte mich erst um den Neuzugang.

Mit anderen Worten, ich fühlte mich pudelwohl in meinem Retterelement.

Körbchen, Freßchen, Futterchen standen von einer Sekunde zur anderen im Vordergrund.

Meine Begeisterung war zudem doppelt groß, weil es sich bei den „Notopfern“ um wunderschöne kunterbunte Wuschelkatzen handelte.

Ein bißchen karierter „Perser“ hatte mitgemischt.

Bei sechs schwarzen Katzen kein Wunder, wenn man sich nach heller Farbe sehnte.

In den ersten Stunden gab es keinerlei Komplikationen mit den neuen Hausgenossen.

Scheinbar beschloß man im Katzenrat, daß sich die Kameraden erst mal erholen sollten, bevor man losschlug.

Denn ab dem dritten Tag lief ein Abschiebeprogramm, wie es sich keine Menschenkonferenz besser hätte ausdenken können.

Julchen beispielsweise betätigte sich von früh bis spät als „Schlidderkanone“, bis die Kleinen nur noch ängstlich in der Ecke hockten.

Weiterhin pinkelten sämtliche Mitglieder des Hauses ungeniert in alle Ecken und zusätzlich an Tisch- und Stuhlbeine.

Selbst der absolut stubenreine Attila hob direkt vor meinen Augen am Eßzimmertisch das Bein.

Kein Wunder, total verwirrt durch die strengen Gerüche, dachte er sicher, ich hätte das Haus als Toilette freigegeben.

Ich rannte verzweifelt mit Aufnehmer und Essigflasche von einer Ecke des Hauses in die andere.

Plötzlich eintreffender Besuch rümpfte pikiert die Nase und machte sich schleunigst aus dem Staub.

Man mied mich und mein streng duftendes Haus.

Ich war auf dem besten Wege zur Einsiedelei.

Die Pinkelaktion steigerte sich von Tag zu Tag, und ich begriff!

Ich gab auf!

Wimmernd bot ich die verschmähten Wesen in der Nachbarschaft an.

Gerti sprang ein.
„Ich nehme die Katzen, ich habe jetzt drei, dann habe ich fünf!"
Schlagartig hörte die Pinkelei auf.
Was gab es dazu noch zu sagen?
Nichts!
Voller Neid schaute ich manchmal zu Gerti rüber.
Denn „Babs" und „Benni", so hatte sie die Findelkinder getauft, wurden wirklich hübsche bunte Katzen.
Niemals aber dürfen diese beiden unseren Garten betreten, sonst gibt's Ärger mit dem Club der schwarzen Panther.
Seitdem war jegliche Vermehrung in diesem Haus gestoppt.
Brachte man mir Findelkinder, mußte ich mit den Worten „Da klinkt meine ganze Meute total aus!" energisch abwinken.

***

Genauso hatten wir es gemeint.
Die kleinen Dinger taten uns sehr leid.
Auch wir hätten Frauchen bei den vielen rabenschwarzen Katzen ein bißchen mehr „Farbe" im Haus gegönnt!
Schließlich wußten wir aber nur zu gut, daß ihr bereits die Kosten für uns über den Kopf wuchsen.
Da gab es ja nicht nur das Futter, Tierarztkosten usw., usw.
Rechnungen über Rechnungen flatterten unserem geplagten Frauchen manchmal ins Haus.
Allein deshalb haben wir solch einen Zwergenaufstand veranstaltet.

Ein großartiger Sänger ...

Und doch erweiterte sich eines Tages nochmals die Mitgliederzahl.

Präzise zu Weihnachten, genau zu der Zeit, als viel Schnee Stadt und Land bedeckte.

In meinem Garten wimmelte es von Katzenpfotenspuren. Trotzdem wagte ich es, den Vögeln draußen ein „frohes Fest“ zu bereiten.

Einen großen Berg Meisenbällchen hatte ich gekauft und mit kurzen Bändchen an die äußersten Zipfel der Äste geknüpft.

Niemals konnte sich eine Katze auf diesen Ästchen halten, so dünn waren sie.

Ein ziemliches Stück Arbeit mußte ich bewältigen, Hände und Nase kribbelten vor Kälte.

Auch innerlich vollkommen unterkühlt, ging ich nach vollbrachtem Tun in die Küche und freute mich auf einen heißen Tee.

Mit ein paar Keksen und einer guten Illustrierten rollte ich mich anschließend zu einem gemütlichen Stündchen auf dem Sofa zusammen.

Das heißt, ich wollte rollen.

Im ersten Augenblick merkte ich gar nicht, daß keine von den Katzen im Zimmer weilte. Sämtliche Stühle, Hocker,

Sessel waren gähnend leer.

Beim nächsten Blick nach draußen wurde mir klar, wo man „weilte“.

Auf fast jedem bzw. auf genau sieben Ästen, an deren Ende ein Meisenball schaukelte, saß eine Katze.

Es sah aus, als würde eine Gruppe Angler in den Bäumen hocken.

Und genau wie Angler stierten sie auch unentwegt auf einen einzigen Punkt – genau auf die Bällchen, an denen frech die Meisen knabberten.

„Schau mal, Frauchen hat Lebendfutter bestellt“, schienen sie einander zuzurufen.

Eiligst sprang ich in die Schuhe und nach draußen.

Aber diese Bande war hartgesotten: Einzeln mit dem Besen mußte ich sie runterschubsen. Freiwillig verließ keiner von ihnen den besetzten Ast.

Mit dem Besen im Anschlag bewachte ich wie ein Polizist die Futterstellen.

Schließlich wurde es ihnen zu langweilig, weil die Meisen schneller und ich zu wachsam war.

Deshalb kann man sich die Freude vorstellen, als am Heiligen Abend ein riesengroßer Karton auf dem Gabentisch ausgepackt wurde, in dem, es war kaum zu glauben, ein springlebendiger Kanarienvogel herumhüpfte.

Auf diese glorreiche Idee war ein lieber Mensch gekommen, der mir aus lauter Liebe eine ganz besonders liebe Überraschung bereiten wollte.

Eine gelungene Überraschung, denn dieser liebe Mensch hatte vollkommen übersehen, daß ich sieben hungrige Katzen besaß!

„Ich heiße Samy“, hing ein buntes Schild mit einem Weihnachtsmann am Käfig.

„Ich heiße Max“, setzte sich der kleine Max mit seinen grünen Augen gleich vor den Käfig und langte mit seiner rechten Pfote einmal – nur so probehalber – durch die Gitterstäbe und versuchte das Vögelchen zu greifen.

Samy hatte diesen Angriff nicht bemerkt. Er beschäftigte sich damit, die neue Umgebung zu studieren.

Dafür hatte ich schnell reagiert und dem schlauen Max unmißverständlich auf die Pfote geklopft.

Umgehend drehte ich deshalb einen Haken in den höchsten Balken des Hauses, stieg auf eine Leiter und hängte den Käfig auf.

Da oben, meinte ich, hing er sicher!

Aber wie gerne wäre man bis an die Decke gehüpft.

Max konnte den ganzen Heiligen Abend lang keines seiner grünen Augen von dem Leckerbissen da hoch droben wenden.

Vielleicht hatte er sich still und heimlich beim Christkind ein paar kräftige Flügel gewünscht.

Zu spät, die Bescherung war vorbei!

Und weil auch die anderen zähnefletschend ihr Interesse an dem Vogel bekundeten, nahm ich zur Nachtzeit den Vogel vom Haken und mit an mein Bett.

Ich glaube, an keinem Abend saß man so vereint vor der Schlafzimmertüre, um einen guten Augenblick abzupassen, wie an diesem Abend.

Wenn ich auch einen gesunden Schlaf hatte, nicht mal im Traum wäre mir eingefallen, diese Türe je wieder zu öffnen, und somit war Samy absolut sicher.

Am nächsten Morgen kam er wieder an seinen hohen Haken – und basta.

Die reinste „Trillerpfeife“ hatten wir da erwischt.

Von früh bis spät zwitscherte und sang der kleine Matz, und wenn er richtig loslegte, verstand man sein eigenes Wort nicht mehr.

Dieses fröhliche Geträller brachte eine gute Stimmung ins Haus.

Ein paar Tage nur, dann trat Burgfrieden ein, und kaum eine Katze interessierte sich noch für den „Trällerheini“ hoch oben am Balken.

Nur einer richtete sich rein vorsichtshalber einen Platz hinter dem Vorhang ein, damit er zu gegebener Zeit den Vogel im Blick hatte.

Max!

Und die Zeit kam.

In einem Anfall von Putzwut ließ ich einen Stuhl, ohne darauf zu achten, zu nah am Käfig.

Beim Staubsaugen hatte ich Platz gebraucht.

Max, nicht faul, nutzte diese Gelegenheit.

Ich trug nur den Staubsauger in den Keller zurück, da hörte ich, während ich die Treppe wieder heraufkam. ein gefährliches Fauchen, wie von Wildtieren im Urwald.

Im ersten Augenblick dachte ich, Tarzan hätte sich in den Wintergarten verirrt.

Der liebe Max, oder besser der gefährliche Max klammerte sich nämlich wie ein Affe mit den Vorderpfoten um den Käfig, während seine Hinterpfoten verzweifelt im Leerlauf in der Luft strampelten.

Ihm fehlte einfach die dritte Vorderpfote, mit der er hätte hineingreifen können.

Max war mit solch einer Wucht auf den Käfig aufgesprungen, daß dieser in großem Schwung hin und her schaukelte. Aber Max ließ nicht locker.

Er schaukelte, und was das Beste war, Samy fand das wundervoll. Das komische Gefauche von dem Kater beeindruckte ihn überhaupt nicht. Hübsch kräftig trällerte er sein Lied und hüpfte dem Max im wahrsten Sinne des Wortes gemütlich vor der Nase herum.

Samy hatte als schlauer Vogel erkannt, daß der Kater vollkommen hilflos herumhing und ihm nichts tun konnte.

Schnellstens stieg ich auf den Stuhl und löste den „Beutepanther“ vom Käfig ab.

Von da an versuchte niemand mehr, den trällernden Samy anzugreifen, denn der Käfig da hoch oben war uneinnehmbar, und das kapierte schließlich selbst der unverwüstliche Max.

***

Max und die Vogeljagd – ein Thema für sich!

Er schreckte vor nichts zurück.

Die Sache mit der „Käfigschaukel“ hat Frauchen ja nur einmal erlebt.

Wie oft hat dieser Lümmel in Frauchens Abwesenheit von manchem Möbelstück aus den Sprung dorthin gewagt und war dabei zigmal auf die Nase geplumpst.

Für Vögel wagte Max alles: Er kletterte pausenlos auf Bäumen und Dächern rum und lauerte, ob ihm nicht mal eine gebratene Taube in den Mund flog.

Vor lauter Jagdfieber wäre er beinahe sogar mal in einen Schornstein gefallen, nur weil er glaubte, eine Schwalbe sei dort hineingeflogen.

Schwalben sind fix, die hatte ihn gefoppt.

Doch Max ließ sich anschließend auf den Rand des Schornsteins nieder und wartete.

Erst als der Mond am Himmel stand, gab er seinen Posten auf.

Diebereien

Katzen hautnah ist eine tolle Sache und wird von Menschen sehr geschätzt.

Wie beispielsweise ein Kater, der vertrauensvoll hinter einem im Sessel klebt, ohne sich zu rühren.

Oder Kasimir auf der Armlehne beim Frühstück:

„Nein, wie niedlich“, pflegten meine Nichten, die oft in den Sommerferien einen Katzenurlaub bei mir verbrachten, voller Verzückung zu quieken.

Anfangs habe ich sie in dem Glauben gelassen, daß pure Liebe Kasimir dazu bewegte, sich als Sphinx auf Sessellehnen niederzulassen.

Nur zu genau kannte ich diesen raffinierten Stibitzer.

Glatter Wahnsinn, wer es wagte, einen Frühstückstisch mit Eßbarem ohne Aufsicht zu lassen, um etwa nach dem Besteck zu suchen.

Kasimir schlug gezielt mit ein, zwei Prankenhieben zu, und Käse, Wurst und Schinken flogen in hohem Bogen vom Tisch.

War die Sache gelungen, sprang er hinterher und verputzte die geklauten Herrlichkeiten.

Oft stellten sich gleich sogenannte „Mitesser“ ein, denn Julchen und die anderen profitierten spontan von seinen Einsätzen.

„Guck mal, ist das nicht einmalig, wie der hier ganz nah bei mir sitzt“, lachte mein Nichtchen stolz.

Ich nickte.

Es gab an diesem Tag Kartoffeln, Bohnen und Buletten.

Kasimirs Augen waren von Natur aus ziemlich riesig, aber in diesem Augenblick, wo jene Buletten auf dem Tisch kreisten, weiteten sie sich bis zur Größe dieser köstlichen Fleischbällchen.

Blickmäßig hing er in direktem Kontakt zu jener Bulette, welche noch unangetastet auf Nichtchens Teller ruhte.

Das Kind beschäftigte sich gerade damit, eine Kartoffel zu pellen, denn es gab Pellkartoffeln.

Die Gespräche am Tisch schwappten ruhig auf und ab.

Plötzlich ein Schrei, manchem fiel prompt die Gabel aus der Hand.

Christine war's!

Katerchen hatte seine rechte Pfote teleskopartig verlängert, fünf silbrigglänzende Krallen wie eine große Gabel ausgefahren und pfeilschnell in die Bulette gerammt.

Mit Erfolg!

Denn hing sie doch als fetttriefendes Corpus delicti an derselben, während er bereits mit weitem Sprung und auf drei Beinen humpelnd die Flucht ergriff.

Natürlich ab und weg durchs Katzenloch. Jegliche Verfolgung wäre sinnlos gewesen.

Kasimir, dieser gewitzte Tausendsassa, kannte Verstekke, beispielsweise unter einer Rosenhecke, da war er samt Bulette total sicher.

„Meine Bulette", hauchte Christine wehmütig und traurig hinter ihrem fliehenden Mittagessen her. Aber ich glaube eher, ihr Herz zerbrach.

Denn erst jetzt durchschaute sie die linken Machenschaften ihres angeblichen „Geliebten".

Trotz allem war dieser Raub ein kleiner Fisch dagegen, was Kasimir sich mal an einem Weihnachtsabend erlaubte.

Einem überaus glücklichen Zufall verdankte ich es, daß sich in meiner Küche vier tote Gänse, eine Ente und ein riesiger Freßkorb mit allem Schnick und Schnack einfanden.

Diese gesammelten Herrlichkeiten gewann ich bei einer Tombola auf dem Ball der Geflügelzüchter.

Dabei hatte ich es nur auf den Hauptpreis, ein Fahrrad mit 21 Gängen, vorwärts, rückwärts und goldener Klingel abgesehen.

Also kaufte ich drei Dutzend Lose und gewann „tote Tiere“, aber das heißersehnte Fahrrad nicht!

Da ich Tage vorher bereits einen riesigen Lebensmitteleinkauf für die Festtage gestartet hatte, wäre ich mit diesem Vorrat bequem durch eine mittlere Eiszeit gekommen.

Der Winter gestaltete sich damals sehr milde, also lud ich eine Menge Freunde zur Atzung ein.

Kurzum – es gab Gänsebraten satt!

Welch ein Glück: Alle kamen.

Katerchen seinerseits kam ebenfalls und verbrachte diesen Tag in äußerster Konzentration.

Bei den Schnupperdüften, die pausenlos aus dem Backofen pufften, ließ er den Küchenbereich nicht aus den Augen.

Frech plazierte er sich mitten in der Küchentüre, jeder mußte grundsätzlich über ihn hinwegsteigen.

Erwartungsvoll hatte sich die menschliche Gesellschaft um den Tisch versammelt und erfreute sich sehr bald an goldbraunen Knusperkeulchen.

Katerchen überblickte scheinbar die Vielzahl der Braten und hörte sich seelenruhig das Geschmatze an!

Er bettelte nicht, bewahrte absolut Haltung!

Irgendwann sind die mal satt, rechnete er sich aus.

Und behielt recht!

Nach etlichen Portionen saftigem Gänsefleisch, verziert mit reichlich buttertriefenden Klößen und nach Nelken duftendem Rotkraut, ging sehr bald nichts mehr!

Voll bis oben hin winkte ein Fresser nach dem anderen dankend ab.

Bewegunglos, als hätten sie ein Lineal verschluckt, hingen sie pappsatt herum.

Als auch noch tüchtig Cognac und Schnaps hinterhergeschüttet wurde, war die Bescherung komplett.

Diese anfangs fröhlich lärmende Runde verwandelte sich in einen dumpf vor sich hindämmernden Haufen „Gänsefresser", der sich nur noch auf die Verdauung konzentrierte.

Der gesamte Wortschatz der nachfolgenden Gespräche beschränkte sich auf diskretes Rülpsen hinter vorgehaltener Hand und

„Mann, bin ich satt!"

Und als zum zigsten Mal

„O Tannenbaum ..." aus dem Lautsprecher schallte, gab es den berühmten Paukenschlag.

„Rums", nein eher „Bums!" Anfangs kursierten Befürchtungen, einer der Gäste sei vom Hocker gefallen oder vielleicht geplatzt.

Nichts dergleichen, das Geräusch kam aus der Küche.

Katerchen hatte sich vorsichtshalber, falls man ihn vergessen sollte, selbst bedient.

Nun, er schubste ganz einfach eines der leckeren Gänsegerippe vom Küchentisch und läutete somit Weihnachten für die „Katz" ein.

„Bim, bam!"

Dazu trat er sein schändliches Tun in aller Öffentlichkeit breit und zog seine Beute laut schleifend, wie ein russischer Wolgaschlepper, quer durchs ganze Zimmer hinter sich her.

Klug, wie er war, hatte er die müde Gesellschaft richtig eingeschätzt:

Man schaute seinem Tun und Treiben gelassen zu.

Einige kicherten leise vor sich hin, aber niemand zeigte sich bereit, ihn an seinem Vorhaben zu hindern.

Endlich mit dem kostbaren Skelett unter dem „Eßtisch" angekommen, verbrachte er den Rest des Abends fröhlich schmatzend.

Anfangs erst schüchtern und zurückhaltend, kroch bald die gesamte schnurrende Mannschaft aus ihren Verstecken und beteiligte sich rege an dem Festmahl.

Welch ein Abend!

***

Es gibt keinerlei Klagen, niemals haben wir bei Frauchen gehungert.

Dieser Gänseabend jedoch war eine Wucht!

Am nächsten Tag hatten wir dann noch mal „Gänseabend", denn Frauchen hat sämtliche Reste für uns rausgerückt.

Ganz ehrlich, um ein Haar hätte ich nicht mehr durch die Katzenklappe gepaßt.

Die verschmähte Beute

Es gibt Ereignisse im Leben, die wagt man kaum zu schildern, aus lauter Angst, niemand könnte einem glauben.

Im nachhinein kann ich es selbst nicht fassen, was da passiert ist.

Es geschah an einem Tag, an dem mir zu allem die Lust fehlte. Kugelschreiber, Pinsel, nichts wollte mir gehorchen.

Deshalb kam ich auf die glorreiche Idee, einen Einkaufsbummel zu machen.

Ehrlich gesagt, eine meiner Lieblingsbeschäftigungen.

Kopfüber stürzte ich mich in den Kaufhausrummel, wühlte wild auf Krabbeltischen und klapperte inniglich mit vielen

Kleiderbügeln quer und längs.

Genaugenommen brauchte ich überhaupt nichts!

Denn ich hatte so viel Kleidung, daß ich selbst bald ein Kaufhaus bestücken konnte.

Selbst Töpfe, Tiegel, Hüte hatte ich genug.

Trotzdem war ich lange unterwegs und anschließend total erledigt. Als ich mein trautes, warmes Heim betrat, wollte ich sofort Wasser aufsetzen und Tee kochen.

Es blieb bei der Absicht!

Denn als ich ins Wohnzimmer trat, traute ich meinen Augen nicht. Mir fiel es schwer, die Situation zu fassen!

Saßen doch fünf von meinen sieben rabenschwarzen Katzen sauber, wie aufgereiht, in einem dichten Kreis.

Max, Moritz, Kasimir, Paulana und das klitzekleine Stinchen. Starr und aufrecht, beide Vorderpfoten dicht nebeneinandergestellt, wirkten sie majestätisch wie eine ägyptische Tempelkatzenkette, aus Stein gemeißelt.

Allein die Bewegungen ihrer grüngelben Augen verrieten, daß in ihnen noch Leben steckte

Gemeinsam verfolgten diese Augen einen einzigen Punkt.

Bei näherem Hinsehen mauserte sich jener Punkt zu einer niedlichen Maus.

Ähnlich wie in einer Manege sauste sie ständig im Kreis herum.

Welch kluge Maus, denn aus diesem Kreis auszubrechen, war schier unmöglich.

Zehn scharfkrallige Vorderpfoten warteten förmlich darauf, ein einziges Mal zuzuschlagen.

Ein einziger wohlgezielter Prankenhieb hätte auch gereicht, ihrem kleinen grauen Leben ein abruptes Ende zu setzen.

Trotz meines Entsetzens über so viel Grausamkeit erfaßte ich sofort die Lage, lief in die Küche und griff das nächstbeste Handtuch.

Aufopfernd warf ich mich in die düstere Runde und stülpte

der Maus direkt das Handtuch über den winzigen Kopf.

Die fünf unerbittlichen Panther erschraken und stoben in alle Himmelsrichtungen auseinander. Glücklich über meinen Sieg drückte ich das Tuch mit der darin verborgenen Maus eng an mich und lief damit zur Türe raus.

Draußen angekommen, schüttelte ich tüchtig mein „Fangtuch“ aus. Welch eine Überraschung, ich konnte schütteln soviel ich wollte, es, das Handtuch blieb leer.

Just in dem Moment, als ich meinen Mund vor lauter Verwunderung auf und zu klappte, klappte auch die Haustür zu.

Klatsch!

Eine feine Geschichte: Nun stand ich draußen, und die Maus mit ihren Feinden war drin.

Das mit der Tür war keine Besonderheit, es passierte öfter, und praktischerweise hatte ich die Nachbarin deshalb mit Ersatzschlüsseln vom Haus ausgestattet.

Als ich mit nachbarlichem Schlüssel erneut das Haus betrat, bot sich ein völlig neues Bild.

Die ganze Bande lümmelte vollkommen entspannt auf Sesseln und Sofas – mancher ließ hier und da sogar die Pfoten baumeln.

Alle Augen schienen fest geschlossen!

So fest, als würden sie seit Stunden in tiefsten Träumen schlummern.

Dem Mäuschen mußte inzwischen ein überdimensionales Selbstbewußtsein gewachsen sein, denn es spazierte frech im Zimmer direkt um die Katzensessel herum. Erneut startete ich meine Handtuchjagd zur Rettung dieser kleinen Kreatur.

Wie wild hechtete ich zwischen Geschirrschrank und Sofa hin und her.

Nur machte ich irgend etwas dabei falsch, denn außer Staub fing ich nichts.

Als ich wieder einmal gefährlich schnaufend unter dem

Sofa hervortauchte und mir die vollkommen apathische Katzengesellschaft bertrachtete, blinkte bei mir ein Lämpchen auf.

„Moment mal, wer ist hier eigentlich für Mäuse zuständig? Ich jedenfalls nicht!“ Sprach's und warf im wahrsten Sinne des Wortes das Handtuch.

Ich konnte mir meine Aufregung sparen, denn dieser Katzengesellschaft war mein Tun schnurzpiepegal.

Alle Katzen blieben platt wie Flundern liegen, und die Maus verkroch sich schlauerweise ganz fix im Holz, das neben dem Kamin lagerte.

Das Schicksal der Maus war mir nach diesen Strapazen vollkommen gleichgültig, so gleichgültig, daß ich die Maus total vergaß.

Erst Tage später, als ich den Kamin anmachen wollte, sprang sie mir plötzlich wie ein Pingpongball entgegen.

Versuche, sie erneut zu retten, schlugen fehl, sie sprang ängstlich ein, zwei Meter in die Höhe.

Das arme Ding schien total entnervt, denn im Holz fand sie ja wohl weder Essen noch Trinken. Nachdem ich sie eine ganze Weile trotz ihrer Sprünge verfolgte, war sie plötzlich wie vom Erdboden verschluckt.

Stunden später, als ich mich in mein Bett legen wollte, krabbelte sie plötzlich vollkommen respektlos im Schlafzimmer im Pulloverregal herum.

„ So nicht!“ rief ich empört und wollte sie fangen.

Da fiel mein Blick auf die Uhr, ich fühlte mich schrecklich müde und verschob die Fangerei auf den nächsten Tag.

Damit mein „Gast“ nicht länger Not leiden sollte, holte ich ein Tellerchen mit Sonnenblumenkernen und ein zweites mit einem Schluck Wasser.

Ich hatte richtig getippt. Die Maus stürzte sich sofort auf die dargebotene Atzung und knusperte vor meinen Augen ein Körnchen nach dem anderen weg und schlapste genußvoll die kleine Wasserpfütze auf, während sie mich dabei unentwegt mit ihren blitzblanken Knopfaugen musterte. „Pling", sagte es, und ich hatte diese Maus fest in mein Herz geschlossen.

Als sie satt war, hüpfte sie wieder in die Pullover und verschwand.

Ich knipste das Licht aus und schlief in dem Bewußtsein ein, eine gute Tat vollbracht zu haben.

Man darf so etwas eigentlich nicht erzählen, aber es hat sich ja nun mal ereignet.

Viele Tage lebten wir so friedlich nebeneinander.

Jeden Abend stellte ich gefüllte Teller vor die Pullover, und jeden Abend schaute ich ihr bei ihrer Knusperrunde zu.

Kasimir, Julchen, Schneeweißchen, Moritz, Stinchen, Paulana und Max – diese ganze, sonst mäusevertilgende Rasselbande ließ sich die ganze Zeit in meinem Schlafzimmer nicht blicken, als schien ihnen meine Handlungsweise absolut suspekt.

Manchmal hatte ich direkt den Eindruck, als würden sich alle hinter meinem Rücken über mich lustig machen.

Nach dem Motto:

„Die wird schon sehen, was sie davon hat!"

Besonders Kasimir, der Älteste unter ihnen, wunderte sich. Kasimir, mein Großer, mein ein und alles, strahlte mit seiner ruhigen Art eine Art Allwissenheit aus, denn selbst wenn der elektrische Dosenöffner surrte, ging er keinen Schritt schneller.

Ha, dann kam er, der Augenblick, auf den alle gewartet hatten.

Ich mußte ganz schnell zu einer Verabredung, natürlich befand ich mich zeitlich auf dem letzten Drücker, griff nach meinen hochmodischen Schnürschuhen, schlüpfte rein und griff ins Leere, denn es gab nichts mehr zu schnüren.

Ein paar hilflose schwarze Schnipsel rieselten herab, ansonsten hatte man beide Schuhe völlig von ihren Senkeln befreit. Welch hilfloser Anblick.

Ich war einem hysterischen Schreikrampf nahe, handelte es sich doch um meine zur Zeit einzig salonfähigen Exemplare.

In diesem Augenblick kapierte selbst ich mein Fehlverhalten. Unzureichend beschuht, denn wer fühlt sich schon wohl in zierlichem Kleid mit unpassenden plumpen Stiefeln, gab es für mich nur noch einen Gedanken:

Die Maus an die frische, kalte Luft zu setzen!

Deshalb räumte ich am nächsten Tag gnadenlos das Pulloverregal aus.

Mein Racheakt war vollkommen sinnlos, außer daß ich die niederschmetternde Entdeckung machte, daß sich meine Pullover in Schweizer Käse verwandelt hatten. Von der Maus war weit und breit nichts zu sehen.

Zähneknirschend schluckte ich meinen nicht stubenreinen Kommentar.

Da half kein Heulen und Zähneklappern, ich hatte es schließlich nicht anders gewollt.

Still, fast verschämt ließ ich die vollkommen durchlöcherten Objekte in den Müllsack gleiten.

Entschlossenheit bemächtigte sich meiner. Koste es, was es wolle, dieses undankbare Wesen mußte raus!

Ungeahnte Kräfte wuchsen mir, und wo ich sonst quengelte:

„Kann mal jemand helfen, mir fehlt die Kraft“, rückte ich Regale und Schränke mit Schwung und Elan von der Wand.

Mit einem ausgewachsenen Schrubber bewaffnet stocherte ich wild unter dem Schrank herum.

Endlich flitzte das kleine Luder hervor und quer durchs Zimmer, um allerdings gleich wieder hinter dem Bett zu verschwinden.

Leise wie ein Kater schlich ich zu dieser Ritze und zog mit Bärenkräften das ganze Bett auf einmal weg.

Schutzlos verkrümelte sich die Maus in einer Ecke.

Wie es der Zufall wollte, schlenderte gerade Kater Max vorbei.

Geistesgegenwärtig packte ich ihn und setzte ihn direkt vor die Maus.

„Bitte, fang sie!"

Ich war dabei, einen Mord zu begehen!

Zwischen den beiden bestand vielleicht ein Abstand von einem Meter, doch nichts geschah.

Max leckte lediglich sichtlich gelangweilt seine Pfotenspitzen.

Beim Anblick der in der Ecke zitternden Maus drehte er auf dem Absatz um und verließ mit hocherhobenem Schwanz den Raum.

Was sollte ich von solch einem Verhalten halten?

Als ich den Rabauken Moritz auf die Maus ansetzte, machte ich ähnliche Erfahrungen.

Mit Hilfe des Schrubbers scheuchte ich das Mäuschen schließlich aus dem Zimmer.

Schnurstracks sauste es den Korridor entlang und raus aus der Haustür über die Treppe in den Garten, direkt in einen kleinen Busch.

Ich hatte es geschafft!

Befreit und bedrückt zugleich, ging ich ins Haus zurück.

Warum?

Nun, auf der obersten Treppenstufe war doch dieses kleine, um sein Leben flitzende Mausewesen tatsächlich noch einmal stehengeblieben und hatte sich nach mir umgedreht und mich mit seinen großen braunen Knopfaugen von oben bis unten gemustert.

Dieser Blick traf mich tief bis in die Herzspitze, so, als wollte sie sagen:

„Da hast du mich in deinem gemütlichen Schlafzimmer vierzehn Tage verwöhnt, und nun schmeißt du mich einfach raus?"

Mein schlechtes Gewissen schlug heftig wie ein dicker Paukenschlag.

Deshalb ging ich schnell an das Glas mit den Sonnenblumenkernen und streute eine ziemliche Handvoll in den Busch hinein, in dem sie verschwunden war.

Als ich ins Schlafzimmer zurückkehrte, fand ich es schrecklich leer. Und als ich mit dem Staubsauger das kleine Körnerlager hinter dem Regal wegsaugte, das sie schon für den Winter angelegt hatte, fühlte ich mich nicht sehr wohl in meiner Haut.

***

Diesmal überlasse ich Esmeralda (Maus) das Wort.

Esmeralda, die Maus, erzählt ...

Ich will hier nicht angeben, aber eine Maus, welche die „Maus" an einem Computer bedienen kann, ist schon etwas Außergewöhnliches.

Mancher wird denken, daß das unmöglich sei, aber wie hier zu sehen, ist nichts unmöglich!

Zu der Geschichte, die bekanntlich mit mir im Wohnzimmer ihren Anfang genommen hat, muß ich aus meiner Sicht mal ein paar Takte berichten.

Schon seit vielen, vielen Jahren in zig Generationen wohnte unsere Familie friedlich und in Freuden auf diesem Grundstück.

Weit und breit wurden wir von anderen Mäusefamilien beneidet, denn bis zu dem Tag, als besagtes Katzengeschwader mit „Frauchen“ einzog, herrschte sogenannte „himmlische“ Ruhe – niemand stellte uns nach.

Die Bewohner vorher, die Eltern der hier beschriebenen Katzenmutter, waren nette alte Leute, friedlich, lebten still für sich.

Nur ihr hauseigener Kater mit Namen Moritz, ein uraltes Gestell, lag hin und wieder mal vor dem Haus gähnend auf der Treppe.

Für uns interessierte er sich mit keiner Wimper.

In den letzten Jahren sowieso nicht, fehlten ihm doch intakte Beißerchen, und insgesamt war er dermaßen klapprig, daß er fast über uns stolperte.

Stundenlang könnte ich aus dieser Zeit berichten.

Beispielsweise über die gemütlichen Gartennachmittage, wo man zwischen Stiefmütterchen und Vergißmeinnicht noch ein Schläfchen im Freien halten konnte usw. ...

Aber ich möchte nicht zu weit ausholen.

Jahre über Jahre verbrachten wir in völliger Sicherheit.

Unsere Familie konnte sich immens vermehren, denn durch einen großen Zaun waren wir zusätzlich vor größeren Mäusefressern weitgehend geschützt.

Katzen aus eventueller Nachbarschaft hatten wir nicht zu befürchten, denn jene ackerten nur ihre bäuerlichen Heuböden durch.

Welch ein Schock ging damals durch sämtliche Mäusereihen, als sich plötzlich die vielen Katzen in unserem Reich häuslich einrichteten.

Zeiten wilder Jagd und grausamer Verfolgung sind über unsere Löcher hinweggefegt, an die ich mich nur sehr ungern erinnere.

Auf diese Weise habe ich meine gesamte Familie verloren.

Mutterseelenallein lebe ich auf diesem Grundstück, mit

anderen Worten: Ich bin die letzte Maus!

Tja, und an besagtem Donnerstag hat mich der Obermäusefänger Max II erwischt!

Direkt in den Nacken hat er mich gebissen, aber nicht feste, sonst wäre ich ja tot.

Es war ziemlich kalt draußen, deshalb lief Max ins Wohnzimmer, er wollte mich gemütlich im Warmen verspeisen.

Und weil er sich in der letzten Nacht zu lange herumgetrieben hatte, war er kräftig verschnupft und mußte niesen.

„Hatschi!" prustete er.

Dabei öffneten sich eineinhalb Sekunden seine gefährlichen Reißzähne, die mich so gut hielten, und schwupp fiel ich raus.

Flugs machte ich mich aus dem Staub und sauste unter das schützende Kaminholz.

Max – nicht faul, sprang in großem Satz hinterher.

Zu spät, ich war in Sicherheit!

„Mama Stine, Lana, Kasimir, Moritz, Schneeweißchen", rief er, „kommt schnell, eine Maus ist mir entwischt und hinter das Holz geflitzt! Jule, komm bitte, komm mal", bettelte er.

„Laß mich in Ruhe, mag schon lange keine Mäuse mehr, schmecken so tranig", meckerte sie und streckte sich lang auf ihrem Sofa aus.

Tatsächlich stellte sich eine schwarze Wand mit zehn gelben und zwei grasgrünen Augen geschlossen vor der Holznische auf.

„Komm raus, du bist umstellt", meinte Max, „hast sowieso keine Chance!"

„Bist ein kluges Köpfchen, deshalb komme ich ja nicht raus, bin schließlich keine Selbstmörderin!"

„Ach nee", meinte Max, „habt ihr das gehört? Die Maus kann sprechen, so etwas ist mir noch nicht vorgekommen. Normalerweise seid ihr doch mucksmäuschenstill?"

„Wir sind nicht stumm und auch nicht still, aber wir werden wohl kaum mit jemand Konversation betreiben, der uns ausschließlich fressen will!"

„Konvelasaton, was ist denn das? Ich glaube, die hat wie unser Frauchen studiert! Konversaligation, Konvergilitation, so'n Quatsch gibt es gar nicht, kann ja kaum einer aussprechen. Konvilasation", Max lachte sich halbtot.

Sogar ich mußte lachen, denn Max lispelte ein bißchen – es hörte sich wirklich ulkig an.

Alle lachten.

„Konversation!" wiederholte ich, „heißt das Wort! Behältst du nie, dafür bist du viel zu doof!"

„Oh, merkt ihr was, sie möchte mit Gewalt ins Gras beißen. Werd nicht frech, ich bin nicht doof!"

„Alle seid ihr doof!" erwiderte ich noch kecker, „guckt doch mal in den Spiegel, wie doof ihr seid. Nicht nur, daß ihr euch ‚Konversation' nicht merken könnt, so habt ihr gar nicht gemerkt, daß es besonders in den letzten Monaten vollkommen langweilig bis hochgradig öde auf eurem Grundstück geworden ist. Ab morgen werdet ihr noch dösiger herumhängen, weil hier dann absolut der Hund begraben ist!"

„Wieso, ist Attila krank?" fragte Lana besorgt, denn Attila war ihr absolutes Herzblatt.

„Quatsch, sie meint das sinnbildlich!" beruhigte sie Max.

„Er ist nicht krank?" fragte Lana sicherheitshalber noch mal nach, denn sie wußte nicht, was „sinnbildlich" ist.

„Nein", Max verlor beinah die Geduld.

Ihm wurde in diesem Moment klar, daß seine Schwester dümmer war als ich.

„Sie hat recht, es ist in den letzten Monaten stinklangweilig auf unserem Grundstück geworden!" stimmte Moritz zu. „Man hat kaum noch Mäuse zu Gesicht bekommen. Wenn ich jagen wollte, mußte ich weit laufen, nicht wahr, Kasimir?"

„Da halte ich mich raus, habe kein Interesse an Mäusen, sind mir zu zäh. Dazu sehr laff, weil nicht gewürzt, ich halte mich lieber an Frauchens Buletten, allein der Gedanke daran läßt mir das Wasser im Mund zusammenlaufen. Mit Zwiebeln, Thymian, Majoran und Knoblauch sind sie gewürzt!"

Während er davon schwärmte, verdrehte er seine großen gelben Augen.

Er hatte von allen die größten Augen, als Maus konnte einem da ganz schön angst und bange werden.

„Warum soll denn ausgerechnet ab morgen ‚tote Hose' auf unserem Grundstück sein?" unterbrach Max die Bulettenschwärmerei von Kasimir.

„Ganz einfach: Weil ich dann tot bin, und weil ich die letzte Maus hier bin. Niemals wird es dann wieder Mäuse geben!"

Ich wunderte mich selbst über meinen Mut, den Katzen solchen Schmarren zu erzählen, aber sie glaubten, was ich sagte.

„Ach was", die Räuberbande zeigte sich geschlossen erstaunt.

„Tja, woher soll unsereins das wissen, wenn keine Maus was sagt?"

„Dazu habt ihr ja jetzt Gelegenheit!"

„Na gut, was müssen wir tun?"

„Erst mal mich nicht fressen!"

„Für wie dumm hältst du uns eigentlich? Wenn wir dich fressen, können wir doch nicht mehr mit dir sprechen. Die Sache ist geritzt, wir fressen dich nicht! Versprochen!"

„Geritzt und versprochen reicht nicht, ihr müßt schwören!"

„Wie geht denn das?"

„Mann, außer fressen und auf dem Sofa rumlümmeln kennt ihr wohl nix!"

„Nee, brauchen wir auch nicht, wir leben hier doch wie Prinzen und Prinzessinnen hier!"

„Habt ihr es gut, hier möchte ich auch leben!"

„Kannst du, kannst bleiben, wir laden dich ein. Kommt,

wir schwören!“

Max hatte diese Gesprächsrunde voll im Griff.

Alle Katzen hoben die Pfoten und taten den Schwur.

Ach, wenn das meine Mutter, mein Vater oder meine Großeltern gesehen hätten.

„Jetzt mußt du uns aber erklären, was du tun willst, damit es nicht mehr langweilig ist!“

„Nun, das ist eine einfache Kiste, ich muß mir lediglich einen Mäuserich suchen, ihn hierherholen, heiraten und viele Kinder kriegen.

Dann müssen die Kinder Kinder kriegen und deren Kinder Kinder!“

„Mir ist ganz schwindelig vor lauter Kindern, wir fressen doch keine Kinder!“ räumte Max ein.

„Das ist es: Bis es wieder was zu jagen gibt, müßt ihr uns ein paar Generationen lang in Ruhe lassen!“

„Aha“, Max und Moritz hatten kapiert, „dann warten wir halt ein bißchen!“

„Ein bißchen ist vielleicht nicht lang genug, etwas länger muß es schon sein!“

„Gut, dann eben etwas länger. Wenn ich ganz ehrlich bin, habe ich in letzter Zeit überhaupt keine Maus mehr gefressen.

Nur gefangen und totgemacht habe ich eine. Mir schmeckt das Dosenfutter besser!“

„Mir auch“, meinte Moritz.

„Pah, olle Mäuse fressen, ich fang sie nur zum Spaß“, meckerte Paulana.

„Ihr seid mir eine schöne Gesellschaft, tötet aus lauter Spielerei, und wenn ihr dann wirklich mal Futter braucht, gibt es uns leider nicht mehr.“

„He, du Angsthase, jetzt quasselst du schon eine geschlagene Stunde mit uns. Willst du nicht endlich mal rauskommen?

Wir müssen dir ja schließlich beweisen, wie Katzen

schwören können!“ meldete sich Kasimir.

Bei diesen Worten wurden meine Mäuseknie butterweich.

Beschützt hinter den dicken Holzscheiten, hatte ich eine große Klappe, nun ging’s ans Eingemachte.

„Ich komme!“ rief ich mit fester Stimme, dabei quälte mich ein unheimliches Würgen im Hals.

„Na los“, drängelte Max mit den grünen Augen.

„Ich komme“, kündigte ich erneut an, tat aber nicht einen einzigen Schritt vorwärts.

Gespannt starrten die vielen Katzenaugen auf jede Bewegung, die aus meinem sicheren Holzstoß kam.

„Mann, braucht die aber lange“, drängelte Stine, sie trat vor Ungeduld von einem Bein aufs andere.

Dann war es soweit, ich kroch aus dem Holzstoß hervor und stand in blanker Pfotennähe der Katzen.

Mir kribbelte es in allen Gliedern, und mein Hinterteil lief Gefahr, undicht zu werden.

Alle schauten auf mich herab.

Der Schwur schien Wirklichkeit zu sein, denn in ihren Augen, die sonst vor Jagdlust flimmerten, lag Ruhe und Milde.

Als ich das erkannte, tippelte ich mutig einige Schritte auf sie zu.

„Ich finde es schön, daß wir jetzt eine Maus als Freundin haben“, lachte Lana ganz fröhlich, und alle stimmten zu.

Es dauerte nicht lange, und man hatte vergessen, daß ich normalerweise das Frühstück oder Abendbrot sein konnte.

Wir unterhielten uns über Gott und die Welt.

So nah und freundschaftlich fühlten wir uns, daß meine neuen Freunde spontan erlaubten, daß ich im Kaminholz überwintern durfte.

In diesem warmen Wohnzimmer lebte es sich nämlich weitaus besser als in meinem feuchtkalten Erdloch.

Katzenkralle in Mäusepfote wurde dieser Pakt geschlossen.

Übermütig freuten wir uns auf unseren gemeinsamen Winter.

„Futter findest du genug in der Küche, Frauchen ist mehr als vergeßlich, da steht immer was rum.

Insbesondere ihr Abwasch.

Irgendein Teller ist immer dabei, den man genüßlich ablecken kann."

Als wir alle Vertragspunkte abgehakt hatten, gingen wir zum gemütlichen Teil der Versammlung über.

Wir wollten ein Spielchen wagen. Dazu setzten sich die Katzen, außer Julchen, die macht solchen Unsinn nicht mit, in den Kreis.

Mich stellten sie in die Mitte, ich sollte ganz schnell rundherum laufen, dann plötzlich vor einer Katze stehenbleiben und eine Frage stellen, beispielsweise: „Wieviel Brekkies passen in einen Fingerhut?" oder „Wovon kriegen Katzen Durchfall?" usw.

Wer keine Antwort wußte, schied aus. Der Sieger am Schluß durfte dann wie ich in der Mitte laufen.

Mitten in diesem wundervollen Treiben öffnete sich plötzlich die Türe, und besagtes Frauchen platzte hinein.

Den Rest kennt man ja ...

Die Wintermonate erschienen mir nach den gemütlichen Tagen im „Pulloverhäuschen" bestialisch kalt.

Zur Zeit lebe ich unter dem Holunderbusch, abends schleiche ich mich ins Haus und nasche von den Katzenbrekkies.

Revolution

Wem heute nicht das Gewissen schlägt, wenn er an die Umwelt denkt, der hat den Knall nicht gehört. Die Formel einer Änderung des bestehenden Dilemmas ist ganz einfach:

Menschen haben es verursacht, also können auch nur Menschen es wieder ändern.

Mit solchen Gedanken im Hinterkopf habe ich meinen täglichen Abfall betrachtet, der sich bei regelmäßiger Fütterung von sieben Katzen und einem Hund zu einer mittleren Blechlawine ausweiten kann.

Fünf knallharte Dosen klapperten da jeden Tag in den Abfall, das sind, mal dreißig, im Monat einhundertfünfzig Blechbehälter, die meine Mülltonne schlucken muß.

Da nur alle drei Monate die kräftigen Müllmänner vorfahren, müßte ich mindestens noch zwei Tonnen dazu bestellen, damit diese Menge entsorgt werden kann.

Vielleicht, weil sämtliche Katzen ständig am Hundenapf herumnaschen, kam mir eine Idee.

Ich kaufte nicht mehr vier kleine Katzenfutterdosen, sondern eine Großpackung Hundefutter, das bedeutete drei Dosen weniger.

Dachte ich und tat's.

Eines Morgens war die erste Portion der neuen Sorte fällig.

Als ich wie immer den katzeneigenen Dosenöffner summen ließ, flog die Katzenschar wie hungrige Schwälbchen ein. Auf Dosen und Futter konzentriert.

Erwartungsvoll-freudig umschmeichelte man meine Beine. Jene Augenblicke der Fütterung bedeuteten nämlich für alle eine Zeit des absoluten Friedens, es wurde weder gezankt noch gefaucht und auch nicht gekratzt.

Wenn dann die kleinen Samtfellchen friedlich vereint vor ihren Näpfen sitzen und schmatzen, geht es mir gut, bin ich voller Dankbarkeit, sie alle bei mir zu haben!

An diesem Morgen jedoch gestaltete sich das insgesamt völlig anders.

Gelinde ausgedrückt: Es brach eine knackharte Revolution aus.

Nach anfänglich kurzem gierigem Fressen wandten sich Paulana und Stinchen sehr bald entrüstet von den Näpfen ab.

Max, sonst ein strammer Esser, hielt es länger aus, kratzte dafür aber unaufhörlich mißmutig um den vollen Napf herum, als wollte er das gräßliche Zeug verscharren.

Schneeweißchen fraß weiter, schüttelte allerdings mehrfach unwillig den Kopf.

Kurz danach verließen ebenfalls Moritz, Kasimir und Julchen schnellstens den unwirtlichen Platz.

Während ihres Abgangs schmiß Julchen mißbilligende Blicke, die mich wie Pfeile trafen.

Was mag sie gedacht haben, sie, die sonst, wenn ihr Napf leer war, flink noch bei den anderen naschte.

Ich guckte ziemlich dusselig aus der Wäsche, die „Speise“ blieb fast unberührt.

Nur Attila langte, wie immer, tüchtig zu und schielte zu den Katzennäpfen rüber.

Er hätte die Portionen glatt mit verdrückt.

Tja, selbst Katzen fällt es schwer, sich der Umwelt zuliebe umzustellen, dachte ich und begann meinen allmorgendlichen Gang durch den Wintergarten.

Ich goß gerade, in Gedanken versunken, den großen Farn,

als Stinchen sich gezielt neben mich setzte und dicht bei meinem Fuß pinkelte.

Während ihrer Tätigkeit schaute sie mich mit großen runden Augen unverwandt und sehr selbstbewußt an.

Im ersten Augenblick war ich dermaßen perplex, daß mir die Spucke wegblieb.

Wieder geistesgegenwärtig sprühte ich ihr unvermittelt Wasser mit der Kanne, die ich gerade in der Hand hielt, über den Kopf.

Anders hätte ich sie kaum gefaßt, denn eh ich mich bückte, war das Luder längst entwischt.

Trotzdem lief ich laut schimpfend hinterher.

Vergeblich!

Ärgerlich über den Vorfall, ging ich erst einmal unter die Dusche und machte mich frisch.

Als ich mich beim Anziehen auf die Bettkante setzte, um die Socken über die Füße zu stülpen, kam Kasimir plötzlich schnurstracks auf mich zu, drehte sich um, zeigte sein Hinterteil, hob den Schwanz und pinkelte mich in hohem Bogen an, daß ein warmer Strahl deutlich fühlbar mein Knie traf.

Nie in unserem gemeinsamen Leben hatte er etwas Derartiges gewagt.

Auch hier brauchte ich erst mal einige Sekunden, um die Sachlage zu erfassen.

Innerlich tief enttäuscht, nahm ich wie ein wildgewordener Handfeger die Verfolgung auf. Ohne Erfolg!

Auf meiner Jagd durchs Wohnzimmer tappte ich zu allem Überfluß noch in eine verdächtige Pfütze.

Das konnte doch nicht wahr sein! Irgendwer hatte das Dosenfutter mitten auf den Weg gekotzt.

Mit einer Menge Papiertüchern räumte ich die säuerlich riechende Pampe weg.

Als ich meine Sockenprozedur fortsetzen wollte, entdeckte ich Schneeweißchen auf ihrem Lieblingsplatz, hoch oben auf dem Kleiderschrank.

Vollkommen friedlich saß sie da, blinzelte ein bißchen verschlafen mit den Augen und fühlte sich offenbar sehr wohl.

„Du kleine Maus scheinst hier die einzig Vernünftige zu sein“, sprach ich liebevoll zu ihr, aber augenblicklich erstarb mir das Wort auf den Lippen.

Plötzlich gab es in ihr einen Ruck, und schon ergoß sich plätschernd ihr Mageninhalt in hohem Bogen vom Kleiderschrank herunter.

Reaktion war in diesem Moment alles.

Nur mit einem gezielten Seitensprung konnte ich dem matschigen Segen entkommen.

Jetzt war mir klar, eine Verschwörung war hier im Gange – eine massive Futterrevolution.

Ich wischte und machte mir meine Gedanken.

Bereits am Nachmittag sauste ich flugs in die Stadt und kaufte brav eine Ladung von den schmackhaften teuren Katzenfutterdosen.

Wenn man diese Geschichte liest, denkt man, in diesem Haus ginge alles drunter und drüber, und Katzen und Hund gingen über Tisch und Bänke.

So ist das aber beileibe nicht.

Nur ich habe das Sagen, und meine Katzen geben mir ab und an zu verstehen, wie sie's gerne hätten.

***

So nicht!

Hundefutter!?

Damit sich solche Sachen überhaupt nicht erst einpendeln, haben wir gleich einen Schlußstrich gezogen!

Grausame Taten

Grausame Taten

Jedesmal, wenn ich ein Häufchen Federn in irgendeiner Ecke finde, laufe ich zu hysterischen Anfällen auf.

„Wer war das?“ oder

„Ihr seid ein unmögliches Katzenpack, als ob ihr nicht genug Futter kriegt. Mörder!“

Wenn solche Anfälle losbrechen, dann laufen alle Samtpfötchen schnurstracks aus dem Haus, denn man fühlt sich doch allgemein angesprochen.

Alle, wie sie da liefen, hatten nämlich reichlich „federnde“ Sünden auf dem Kerbholz.

Die ganze Schimpferei und Aufregung konnte ich mir allerdings sparen, denn immer wieder mußte ich derartige Opfer beklagen.

Jäger bleiben nun mal Jäger, selbst wenn sie satt sind.

Mehr und mehr gewöhnte ich mich daran, trug still die zerrupften Leichen unter einen Baum und scharrte ihnen notdürftige kleine Gräber, die liebevoll von Nachbarkindern mit Kreuzen und Blümchen je nach Jahreszeit versehen wurden.

Manchmal brachten die Herrschaften ihre Opfer auch noch lebend mit, so wie Stinchen neulich.

Das war eine wilde Hatz.

Eine Meise hatte sie erwischt. Das kleine Ding schrie fürchterlich und zappelte, denn Stinchen hatte sie nur ungeschickt an einem Flügel zu fassen gekriegt.

Als trainierte Katzenfängerin hatte ich Stinchen fix beim

Wickel.

In bewährter Weise hielt ich sie hinterwärts hoch und schüttelte, bis die Meise wie ein Äpfelchen vom Baum fiel.

Kaum gefallen, flog es auch schon von dannen, gleich zum Licht an die Fenster.

Durch den Schock völlig irritiert, flog das Meischen vor dem undurchdringlichen Glas hin und her.

Jetzt mußte ich Angst haben, daß es sich das Genick brach.

Behende hechtete ich hinter der Meise her und versuchte sie zu retten.

Auf und ab, hin und her flog sie in ihrer blinden Angst, einmal hüpfte sie in ihrer Not sogar auf den Boden, direkt vor Stinchen herum.

Doch der steckte noch die Schüttelei in den Knochen, sie wagte es kaum, den Vogel anzugucken.

Welch eine wilde Jagd!

Flog das Vögelchen oben, stand ich unten. Bis ich einen Stuhl herbeigeholt hatte, war es bereits wieder unten usw. ...

Attila mußte ich aussperren, denn hilfreich wollte er sich ebenfalls an der feinen Jagd beteiligen.

Das Meischen flog und flog, flog schließlich durch die Korridortüre ins Badezimmer hoch auf ein Regal mit vielen Handtüchern.

Flugs schloß ich die Türe zu.

Glücklich über meine erfolgreiche Aktion, ließ ich den Vogel in Ruhe.

Als ich zwei Stunden später ins Bad hineinschaute, war mein Meischen nicht mehr zu finden.

Ein Rätsel, ich rückte Schränke ab, räumte sämtliche Handtücher aus den Regalen, klappte den Medikamentenschrank auf und wieder zu, tastete die Vorhänge von oben nach unten und seitlich ab, nichts!

Die Meise hatte sich schlichtweg in Luft aufgelöst.

Ehrlich gesagt, mir war die Sache unheimlich, denn das

Fenster war fest verschlossen.

Immer wieder ging ich ins Badezimmer, es gab wirklich keinen Millimeter mehr, den ich nicht umgekrempelt hatte.

Als ich ein bißchen von dem Thema abgekommen war und ganz friedlich an meinem Schreibtisch träumte, fiel mein Blick zufällig zu Samys Käfig.

Im ersten Moment wollte ich schreiend aufspringen, denn ich dachte, Samy säße draußen.

Aber nee, das war die kleine Meise, sie hatte sich auf Samys Käfig gesetzt.

Wie war sie nur dahingekommen?

Ich wußte keine Antwort, und die Meise verriet es mir auch nicht.

„Piep“, machte sie und kackerte dem Samy beinahe auf den Kopf.

Der war diesbezüglich ein patenter Kumpel, ob Katzen an seinem Käfig hingen oder Vögel darauf saßen, er trällerte sein Liedchen und lebte in den Tag hinein.

Dann ergriff mich der nächste Schreck, denn unter dem Käfig entdeckte ich erst jetzt gleich drei von diesen schwarzen Vogelmördern.

Sie hatten die Meise fest ins Auge gefaßt und fletschten jagdfiebernd die Zähne.

Ein Anblick, der selbst mir Angst einflößte, und ich war beileibe kein Vögelchen.

Nicht nur, daß in meinem Kopf die Frage kreiste, wie das Tier aus dem Badezimmer gekommen war, quälte mich ganz aktuell die Frage:

Wie scheuche ich die Katzen weg, ohne daß ich das Meischen aufscheuchte?

Da gab’s nur eins: Ich mußte die Ungeheuer eigenhändig wegtragen.

Und das tat ich auch!

Einen Räuber nach dem anderen beförderte ich in ein anderes Zimmer und verschloß die Türe.

Dann warf ich geschickt ein Handtuch über den Käfig, und schwups hatte ich die Meise.

Ganz schnell lief ich in den Garten und warf sie hoch in die Luft, damit sie ja nicht so schnell wieder in diese Gegend kam.

Glücklich flatterte sie von dannen.

Kaum die Meise gerettet, trug Moritz eines Nachmittags, natürlich mitten in eine gemütliche Gästerunde, eine total zerfledderte Schwarzdrossel hinein.

Einen Moment vorher hatte ich noch ein Loblied über meine braven Katzen losgelasen ... und dann das!

Ich schimpfte, Moritz knurrte, ich zog an der Drossel, Moritz zog zurück, ich verpaßte ihm einen Klaps, Moritz ließ los, ließ sie fallen.

Übrig blieb ein schrecklich lädiertes drosselähnliches Gebilde.

Sie lebte, atmete aber mit weit geöffnetem Schnabel ganz schnell. Sicher würde sie jeden Augenblick sterben.

Doch so schnell stirbt eine Drossel nicht.

Aus der Nachbarschaft holte ich einen Käfig herbei und rein damit.

Schon kurze Zeit später hatte sie es sich in dem Käfig gemütlich gemacht.

Sie zeigte sich keineswegs ängstlich, sah die ganze Aktion wohl als Schutzhaft an.

Kaum drin, begann sie gleich, gründlichst ihre Federn zu ordnen und zu putzen, als sei dieser Käfig ihre ständige Behausung.

Am nächsten Tag sah sie direkt wieder manierlich aus.

Kaum zu glauben, versuchte sie, wenn Samy mit seinem Trällern anfing, gleich mitzusingen.

Außer einem schiefen „Tschäp“ und „Gröööög“ kam allerdings nicht viel zustande.

Am dritten Tag hatte sie sich total eingelebt, für mich der Zeitpunkt, eine Entscheidung zu treffen.

Somit stand die Frage im Raum:
Freilassen oder einen größeren Käfig kaufen?

Eingesperrte Vögel sind für mich stets ein trauriger Anblick, und deshalb entschied ich mich fürs Freilassen.

Ich tat's!

Das Drosselchen breitete ganz weit die Flügel aus, als es die Freiheit roch.

Sie schüttelte sich, als wollte sie die Gefangenschaft hinter sich lassen, und hüpfte ins nächstbeste Gebüsch.

„Viel Glück", gab ich ihr noch gute Wünsche mit auf den Weg.

Drei Tage später fand ich sie tot neben dem Lavendelbusch!

Hätte ich sie doch behalten sollen?

Wenn ich mich allerdings öfter so entscheiden würde, hätte ich bald eine ganze Voliere gefüllt.

Trotz dieser Raubtiere wohnte Samy immer noch kräftig trällernd in diesem wundersamen Haus.

Aber jedes Haus muß mal renoviert werden.

Anstreicher bollerten mit Leitern ins Haus, das Wohnzimmer mußte ausgeräumt werden, selbst Samy mußte raus.

Für die Übergangszeit stellte ich ihn vorsichtshalber auf ein zwei Meter hohes Regal im Schlafzimmer, auf das niemals eine Katze klettern konnte.

Dachte ich!

Die Handwerker wurschtelten im Wohnraum herum, ich wollte für die starken Männer ein Frühstück besorgen und holte Brötchen und ordentlich Schinken und Wurst.

Als ich wiederkam, herrschte trotz Handwerkerlärm eine unheimliche Ruhe.

Irgendwas fehlte, ich wußte nur nicht was.

Dann war mir klar, Samys Trällern, es erfüllte sonst von früh bis spät das Haus.

Die Tür zum Schlafzimmer stand offen, scheinbar hatte sie einer der Handwerker geöffnet.

Warum?

Niemand hätte darauf eine Antwort geben können.

Ich ahnte Schreckliches.

Tatsächlich: Der gesamte große Vogelkäfig lag auf der Erde, war von der Höhe runtergefallen oder runtergeschubst worden.

Das Türchen stand sperrangelweit offen.

Von Samy keine Spur!

Im Schlafzimmer war kein Laut zu hören. Nichts rührte sich.

Aufmerksam lauschend stand ich da.

„Samy“, rief ich leise.

Keine Antwort!

Aber plötzlich schwebte lautos eine winzige Feder unter dem Bett hervor.

Das sogenannte Corpus delicti!

Wie ein Stein fiel ich auf die Knie.

Da saß er, der Übeltäter, gelbe Federn klebten noch links und rechts an seiner Schnauze:

Max!

„Samy!“ schrie ich fassungslos.

Natürlich Max!

Wie oft hatte er immer wieder Angriffe auf den Käfig gestartet, ohne etwas auszurichten.

Diesmal hatte es geklappt.

Er muß fast darauf gewartet haben, daß ich wegging.

Zielstrebig bewältigte er das Regal, und strategisch richtig hatte er gleich den ganzen Käfig auf die Erde geworfen.

Wie ein Affe, der auf diese Weise an den Inhalt einer Kokosnuß gelangt.

Ganz schön gerissen!

Das Türchen ist dabei aufgesprungen, Samy blieb keine Chance.

Schuldbewußt sauste Max unter dem Bett hervor, so daß es unmöglich war, ihn zu fassen.

Laut schluchzend sammelte ich die Überbleibsel von Samy zusammen. Es hielt sich in Grenzen: Federn, gelbe, graue und zwei kleine Beinchen noch mit den numerierten Ringen darum.

Mein Entsetzen war grenzenlos, besonders, als ich die kleinen hilflosen Krallen in der Hand fühlte, vor ein paar Tagen hatte ich sie noch sorgsam geschnitten.

Plötzlich packte mich unheimliche Wut.

Nie wieder sollte ein Vogel in diesem Raubtierhaushalt wohnen!

„Nie wieder!" schrie ich, es klang wie der Urschrei eines Höhlenmenschen.

Eh' ich mich versah, sprang ich auf den reichlich demolierten Käfig und trat ihn mit vielen festen Tritten platt, platt wie eine Briefmarke!

Danach fühlte ich mich wohl und befreit.

Die Überreste des schrecklichen Geschehens schmiß ich sofort in den Müll.

Nichts sollte mich mehr daran erinnern.

Einen Tag und eine Nacht ließ Max sich nicht sehen.

Behutsam, als würde er auf heiße Platten treten, stellte er sich zur Fütterung dann wieder ein.

Anfangs ließ ich ihn ja auch links liegen, aber wie das so ist mit einem weichen Herzen, tat er mir schon wieder leid.

Also ging ich hin, und nahm ihn in den Arm:

„Ist schon gut, mein Kleiner, du bist eben eine Katze, du kannst nichts dafür."

Anschließend wurde ich nach Strich und Faden verschmust, und so war die schlimme Tat vergeben – aber vergessen konnte ich sie nie.

***

Nicht, daß ich je eifersüchtig auf Max gewesen bin, aber ich finde doch, daß Frauchen viel zu schnell solch einem

Lumperich vergibt.

Ansonsten: kein Kommentar.

Ich fresse keine Vögel, denn erstens hat man dauernd die lästigen Federn zwischen den Zähnen und muß dauernd spukken, und zweitens ist mir zuwenig dran.

Ich bin nur scharf auf Frauchens Buletten – und sonst gar nichts.

Gemeinsame Stunden...

Von Künstlern wird oft behauptet, daß sie gerne in den Tag hineinleben, morgens lange schlafen, vielleicht gegen Mittag aufstehen und sich dann gähnend, rekelnd an die Schreibmaschine setzen.

Solche Künstler mag es sicherlich geben.

Aber wenn sie sieben Katzen und einen Hund haben, sieht der Tag ganz anders aus.

Frühmorgens, wenn die Kirchenglocken bimmeln, bimmelt es auch in meinem Haus, nicht etwa der Wecker, nein ...

Julchen erledigt das auf ihre Weise.

Meist in dem Augenblick, wo ich mich auf die berühmte andere Seite wälze und versuchte weiterzuschlafen, springt sie mit viel Lärm und Pardautz auf die Schlafzimmertürklinke.

Die Türe springt auf, und eine schwarze Rasselbande stürmt auf mein Bett zu.

Überfallartig werde ich von allen Seiten verschmust und

voller Liebe verschnurrt.

Wen wundert es dann, daß ich freiwillig mein Bett verlasse.

Zähneputzen, Kaffeemaschine in Gang setzen ist vielleicht noch möglich, wenn sieben Raubkatzen um die Beine streichen.

Aber dann wird penetrant gemauzt und gedrängelt:

„Wir haben Hunger!“

Gemessen an dem kläglichen Gejammer, könnte man zu der Vermutung gelangen, daß diese Tiere tagelang kein Futter mehr gesehen hätten.

In gemeinsamem Lauf geht es die Treppe runter in den Futterkeller.

Seit kürzerem ist dort der neue Freßplatz eingerichtet.

Wer meint, Katzen bewegten sich lautlos, auf leisen Sohlen, sollte sich das Getrappel einmal anhören!

Es erinnert stark an eine Hammelherde, die da hinter mir die Treppe runterpoltert.

Na schön, es ist eine Holztreppe, und man hört auf ihr leicht jeden Schritt und Tritt.

Julchen hat dabei den lautesten Schritt. Wenn sie alleine runterläuft, meint man, ein Korb Kartoffeln wäre oben ausgekippt worden und diese kullerten nun alle Stufen runter.

Max und Moritz trappeln wie kleine Pferdchen, und Lana nimmt immer gleich zwei Stufen, wie ein Känguruh.

Das ergibt dann das muntere Poltergemisch.

Nur Kater Kasimir schleicht lautlos wie ein Panther.

Unten angekommen, wünsche ich mir stets tausend Hände. Auch für vier wäre ich schon dankbar!

Es ist auch schlimm, wenn nur ein einziger Dosenöffner für sieben Katzen zur Verfügung steht, schließlich wünschen alle zur gleichen Zeit ihr Futter.

Also fülle ich eiligst in sieben Näpfchen je eine Portion.

Im ersten Napf, den ich serviere, landen natürlich erst mal alle sieben samtene Köpfchen, so riesengroß und absolut ist der Hunger der gierigen Meute.

Kürzlich besuchte ich eine Freundin, und diese ist glückliche Besitzerin eines rosaroten Katers mit weißer Brust.

Zufällig setzte sie ihm gerade sein Futter vor, aufmerksam schaute ich zu.

Langsam und bedächtig ging er an den Napf, schnupperte erst vorsichtig und nippte dann winzige kleine Stücke nach und nach weg, ohne auch nur das geringste Geräusch dabei zu machen.

Ich war entzückt von so viel Benimm!

Wenn ich meiner Schmatzbagage dagegen zusah und -hörte, fühlte ich mich in landwirtschaftliche Umgebung versetzt.

Zudem waren in Sekundenschnelle sämtliche Näpfe blitzblank.

Erst wenn die Fütterung erledigt war, kam meine Stunde:

Zeitung aus dem Briefkasten holen, einen ordentlichen Pott Kaffee eingießen und langsam den Tag an sich ranlassen!

Ganz langsam!

Diese Stunden liebten meine Katzen an mir, denn nichts haßten sie mehr als Hektik.

Bei schönem Wetter fanden solche Einstimmungen im Freien statt.

Mit Sicherheit ein doppelter Genuß, denn so konnten sich meine Hausgenossen großzügig um mich herumdrapieren.

Wenn ich „zufällig" über meine Zeitung hinwegschaute, lag die gesamte Schar wie plattgewalzte Löwen und Tiger herum.

Entschied ich mich anschließend zu Gartenarbeiten, halfen alle mit!

Kater setzte sich auf das Unkraut, das ich gerade herausziehen wollte.

Jule oder Max – das kam ganz drauf an, ob es Dienstag oder Donnerstag war – quetschten sich grundsätzlich in den kleinen Korb mit den Schippchen und Hacken.

Max krabbelte konsequent in alles hinein.

Wenn ich Pakete packte, verschwand er jedesmal in dem dafür vorgesehen Karton.

Seine immer sandigen Füßchen, die er von draußen mitbrachte, hinterließen eindeutig modderige Spuren.

Mühevoll mußte ich dann den Karton erst entsanden, bevor ich ihn benutzen konnte.

Oft ist es auch vorgekommen, daß ich auf diesen Karton verzichtet habe, insbesondere wenn der Lump seine hübschen grünen Augen leuchten ließ.

Wenn Max nicht den Platz im Schippchenkorb abbekam, kletterte er auf den Kirschbaum und jaulte fürchterlich.

Es klang kläglich, war aber nicht so gemeint, nur eine Aufforderung zum Spiel.

Ich mußte kommen und um einen Ast herum mit seiner Pfote und meiner Hand Fangen spielen.

Sehr amüsant und gefährlich zugleich, besonders wenn der große Spielfritze im Eifer des Gefechts vergaß, seine Krallen einzuziehen.

Verständlicherweise war mein Verbrauch an Pflaster danach sehr groß.

Stine, Lana und Schneeweißchen verhielten sich sanfter, versteckten sich ein bißchen hinter den Blumen und hopsten fröhlich in die Blüten, wenn ich arbeitsmäßig zu ihnen gelangte.

So manche Frühlingspracht sank dabei geknickt in sich zusammen.

Viel leisten konnte man bei solcher Behinderung nicht.

Deshalb entschloß ich mich meist zu einem Bummel mit dem Hund.

Wenn Attila und ich allerdings nicht schnell genug die Kurve kriegten, schloß sich die Katzenbande an, zog hinter uns her.

Ein Bild für die Götter.

Der riesige Hund voran und dahinter, wie beim Rattenfänger von Hameln, ein Rudel niedlicher Katzen im Schlepptau.

Wenn das passierte, fiel unser Bummel mehr als bummelig aus.

Wie am Faden gezogen bildeten sie eine Kette, ähnlich der Elefantenparade im Dschungelbuch.

Nur wenige hundert Meter durften wir uns vom Haus entfernen.

Taten wir das nicht, drehten uns also nicht wieder um, setzten sich Kasimir und Max plötzlich hin und spielten Heulbojen.

Keinen Millimeter waren sie mehr von ihrem Platz wegzubringen.

Jeder Mensch mit normal belastbarem Nervenkostüm kehrt bei solchem Lärm spontan um.

Irgendwann mußte auch mal die schriftliche Arbeit erledigt werden, und da ich meistens am Computer arbeite, zieht selbstverständlich das ganze Geschwader mit.

Im Laufe der Jahre verschmolzen wir zu einem komplett eingespielten Team.

Kater Kasimir nimmt der Rangfolge entsprechend den wichtigsten Platz neben der Tastatur am Computer ein.

Er überwacht und zählt die Buchstaben, die rein und raus gehen.

Meistens schläft er dabei ein, deshalb kann es schon mal passieren, daß eine entspannte Pfote wie zufällig über die Tasten rutscht und ...

Drrrrrrrrrrrrrrrrrrrrrr,

... den Text unterbricht.

Fast unmerklich lege ich diese entspannten Extremitäten dann wieder zu ihrem Körper zurück.

Julchen drängelt energisch auf dem Schoß herum, es ist ihr Platz, sie besteht darauf, auch wenn sie manchmal ordentlich zerdrückt wird, wenn ich näher an den Schreibtisch rücken muß.

Schneeweißchen liegt seit Jahren hingebungsvoll in der Papierablage, das Papier sieht auch dementsprechend aus, angeknüllt, manchmal ein paar Krümel Dreck oder gar eine deutliche Katzenpfote in einem geheimnisvollen Sandgemisch draufgedruckt.

Dabei erziehen Katzen besonders im Büro zur Ordnung.

So geschehen bei mir:

Ich hatte in sträflichem Leichtsinn das Stempelkissen offenstehen lassen.

Als ich aus der Stadt zurückkam, zierten meine weißen Schreibtischmöbel viele kleine blaue Tupfen.

Blaue Katzenpfötchen, so weit das Auge reichte.

Niemals wieder habe ich ein Stempelkissen offenstehen lassen.

Spätestens, wenn ich den Computer eingeschaltet habe, verteilt der Rest der Herrschaften sich auf Sessel und Sofa und genießt das Geklapper der Tasten wie Musik. Attila bewacht den Papierkorb; jedes Stück Papier, das ich hineinwerfe, holt er mit Akribie wieder raus und zupft es in tausend kleine Fetzen.

Eine praktische Sache, er ersetzt jeden teuren Reißwolf.

Vor allem fühlt er sich anschließend pudelwohl, weil er meint, tüchtig geholfen zu haben.

Wenn ein Tag in so liebevoll ergänzender „Gemeinsamkeit“ verläuft und ich abends in sieben Näpfe Brekkies klappern lasse und sieben Katzen knuspernd vor ihren Näpfen hocken, bin ich die glücklichste Katzenmutter der Welt.

***

Und wir die glücklichsten Katzen der Welt.

Anhang

Katzen-Idylle

Müßt' ich noch mal auf diese Welt,
dann nur
als meine Katze.
Ich rekelte am Ofen mich
und klimperte auf dem Klavier
mit meiner rechten Tatze.
Das Fressen ließ ich mir servieren,
am Nachmittag
ging ich spazieren,
schließlich setzt ich mich bloß
auf Frauchens weichen, warmen Schoß,
dort schnurrte ich
und schlummerte,
bis es schon draußen schummerte,
dann ging ich in mein Körbchen,
weil ich meine:
Die Ruhe sei den Katzen
heilig!
Als Mensch, da muß ich
ständig hetzen,
drum werde ich mich als
meine Katze niedersetzen.

Augenblicke

Das sind Augenblicke aus Samt und Seide,
wir zusammen, beide,
in aller Stille,
ich schau auf, über die Brille,
du pflegst dein schwarzes Haar
so wunderbar,
bis es schillert in silbernem Glanz,
wie das der Elfen beim nächtlichen Tanz.
Ich schau in mein Buch, will weiterlesen,
doch das ist es gewesen.
Du tupfst ganz leis mit zarter Tatze,
schreichle mich, hier ist deine Katze!
Alles Weitere geht ganz schnell,
ich kraule dein Fell,
nehme dich in den Arm,
du bist herrlich warm,
wir zählen gemeinsam wollige Schäfchen
und machen dann ein Mittagsschläfchen.

Heimliche, unheimliche Liebe

Heute nacht, als die Glocke elfe gebammelt,
hat unsere Katz' schon Mäus' gesammelt.
Und bei Mondschein auf der Mauer
lag sie lange auf der Lauer.
Nicht auf Mäuse oder Ratten
lag sie da im düsteren Schatten.
Nun, aus irgendeinem Grund
harrt' sie auf des Nachbarn Hund.
Wollt' nicht so wie andere Katzen
ihn verhauen oder kratzen.
Für ihn plagt sie ein Gefühl,
sie wußt' nicht was; doch wurd' ihr schwül.
Wenn schnell er um die Ecke dreht,
plötzlich kraftvoll vor ihr steht
und ihr in die Augen schaut,
kraust sich ihr Fell zu Gänsehaut.
Wie oft schon hatt' man sich getroffen,
doch alle Fragen blieben offen.
Damit wurd' jetzt Schluß gemacht,
gerade heut in dieser Nacht.
Traulich sollte er verweilen,
sie wollt' die Mäuse mit ihm teilen.
So geschah's, er fraß drei, sie nahm sich sieben
und sprach: „Ich will dich immer lieben!"

Schicksal

Eine Ameise
ging mit ganz viel Speise
auf die Reise.
Da bekam sie ganz leise,
allerdings nicht von einer Meise,
sondern von einer Katze,
die Tatze
auf die Glatze.
Somit war sie zu Ende,
die Reise
der Ameise!
Was übrigblieb,
war Götterspeise.

Kasimir

Seidenweich,
einem Hauch Mondlicht gleich,
wundersam, traumlandwarm
hast du meine Wange berührt.
Kuschelig, muschelig
keimte Hoffnung, ich würde verführt.
Du fingst an zu schnurren?
Wie ein Täubchen zu gurren?
Ich schlug die Augen auf,
ach nu, nicht du?!
So schmusig warst du auch nie zu mir,
es war unser Kater Kasimir.

Name ______________________________

Straße ______________________________

Wohnort ______________________________

Hiermit bestelle ich: (jeder Titel 9,80 €)

____ »Tor zum Paradies« (Gedichte) ______ €

____ »Was macht der Sand am Strand« ______ €

____ »Mittendrin und doch daneben« ______ €

____ »Im Po Sand« ______ €

____ »Schmetterlinge im Dezember« (Gedichte) ______ €

____ »Gänseblümchen haben kleine Flügel« ______ €

____ »Ein Flügelschlag Gedanken« (Gedichte) ______ €

____ »Möwenklecks und Muschelkuß« ______ €

____ »Gestreift, getupft und dreimal schwarzer Kater« ______ €

____ »Brigittes Landleben« ______ €

____ »Ein Hauch Freudentränen« (Gedichte) ______ €

____ »Plausch am Zaun« ______ €

____ »...denn ich bleib' immer Deine Mutter« ______ €

Porto und Verpackung + 1,80 €

Gesamtsumme ______ €

☐ bar anbei ☐ Scheck anbei

☐ Überweisung (Durchschrift mit Bankstempel anbei)
Sparkasse Marburg-Biedenkopf (BLZ 533 500 00), Kto. 11 60 155 201

Verlag B. Koischwitz · Am Hanig 15 · 35075 Gladenbach

Auf den folgenden Seiten finden Sie
einen Auszug aus dem Buch
„Plausch am Zaun“

Frühling

Sonne scheint mir
tief ins Herz
Vögel singen
es ist März

Niemand ist vollkommen

Ich lade gerne Gäste ein und koche dann mit Lust.
Und wenn sonst beim täglichen Eßverhalten nur ein Brett auf den Tisch gelegt wird und der Topf kommt mitten drauf, so entwickle ich bei meinen „Gästeessen“ eine hochgradige Akribie, was das Ambiente anbelangt.
Die feinsten Teller, Tiegel, Gläser und Schüsseln werden angeschleppt, und erst, wenn sich das Kerzenlicht in den kristallenen Messerbänkchen spiegelt, bin ich zufrieden.
Geladen hatte ich diesmal Uta, eine fröhliche „Singlin“, die sich nach einer sehr lauten, schließlich gescheiterten Ehe friedlich allein durchs Leben schlug.
Karla und Jan, beide tragisch geschieden und seit zwei Jahren in einem liebevollen Versuch vereint, es vielleicht diesmal zu schaffen.
Ulla und Gerd, schon zehn Jahre hoffnungsvoll verlobt.
Peter, ein eingefleischter Junggeselle und zum guten Schluß Gudrun und Alfred, seit siebenundzwanzig Jahren wirklich „glücklich“ verheiratet.
Letztere wurden von allen Gästen hoch geschätzt, weil sie trotz langem Zusammenleben stets nett und ausgesprochen liebevoll miteinander umgingen.
Doch mitten in mein schickes Essen hinein, ich servierte gerade die mir exzellent gelungene Lauchcremesuppe, begann es plötzlich gefährlich zu knistern.
Denn ausgerechnet der sonst höfliche Alfred erhob das Glas und sprach mit leicht spöttelndem Unterton:
„Vielen Dank für die Einladung, mir schmeckt’s insbesondere deshalb, weil ich heute meine erste warme Mahlzeit in dieser Woche bekomme...“
„Aber Alfred ...“, wollte ich beschwichtigend einlenken, da setzte dieser noch spitz hinzu:
„Meine Frau ist nämlich zur Zeit ausschließlich in Sachen Tennis unterwegs!“

Gudrun blies empört die Backen auf:
„Das kann doch wohl nicht wahr sein! Du merkst ja gar nicht, wenn ich unterwegs bin, du bist seit Monaten absolut mit deinem Büro verheiratet! Die Kocherei habe ich aufgegeben, weil sämtliches Essen verbrutzelt. Koch' mal für jemand, der ständig nicht rechtzeitig kommt!"
„Ha, da bin ich der falsche Mann für dich, du hättest einen Beamten heiraten müssen, der steht pünktlich nach Feierabend auf der Matte ...!" keilte Alfred zurück und fuchtelte drohend mit dem Löffel herum.
„Ich glaub', mich knutscht ein Elch!" holte Gudrun zum Gegenschlag aus. Eh man sich versah, befanden sich die beiden in einem deftigen Streit.
„Weißt du überhaupt was das heißt, für den Familieneintopf zuständig zu sein, während du an deiner Karriere bastelst?"
„Moment mal, Moment mal, schließlich verdiene ich...!"
„...das Geld", ergänzte Gudrun, „den Spruch kenne ich! Gut, tust du, dafür sorge ich fürs Heim. Weißt du was eine Haushälterin heute verdient?"
Sie hatte ihre Stimme um einige Phon erhöht und ließ ganz bewußt eine kleine Pause.
„Wenn du mich auszahlen müßtest, hätte ich mehr Geld auf dem Konto als du...!"
„Aber...", weiter kam Alfred nicht.
„Zudem würde kaum eine Haushälterin deine ineinandergekrunkelten Socken im gesamten Haus einsammeln. Keiner Haushälterin mit Rentenanspruch, Urlaubsgeld und Kündigungsschutz könntest du in solch einem versüfften Zustand, wie du es zu tun pflegst, das Badezimmer hinterlassen. Ganz zu schweigen von deinen weiteren Rücksichtslosigkeiten!"
Gudrun schien deutlich erregt, denn ihre Ohren hatten sich hochrot verfärbt.
Sämtliche Gäste krallten sich ängstlich im Tischtuch fest und verfolgten, während ich klammheimlich meine teuren

Suppentassen in Sicherheit brachte, mit großen Augen das „Match".

Fast unbemerkt servierte ich den Hauptgang.

Es schmeckte vorzüglich, doch wagte niemand, dies zu bekunden, da alle aufmerksam die spitzen Pfeile beobachteten, die gefährlich hin und her zischten.

„Weißt du überhaupt...?" Gudruns Stimme klang sehr schrill.

„Ich weiß gar nichts!" konterte Alfred für einen gastlichen Abend zu laut.. „Genau das ist es, du weißt nichts!" zischte Gudrun schon fast heiser. „Wozu auch!" „Genau das ist deine stoische Grundeinstellung. Du bist stur, stur, stur und noch mal stur. Im Grunde geht dich alles gar nichts an. Oh, ich kriege gleich einen hysterischen Schreikrampf..." weiter kam Gudrun nicht, ihr war ein Stück Kartoffel in den Hals gerutscht. Sie mußte fürchterlich husten.

Erst da bemerkten die Kontrahenten, daß sie wohl nicht alleine waren.

„Entschuldigt, solche Entgleisungen gehören nicht hierher..." meinte Alfred, und in betretener Stille löffelte man die Peinlichkeit des Augenblicks in sich hinein.

Ebenfalls noch ziemlich wortlos, naschten alle den Nachtisch, Vanilleeis mit heißen Kirschen.

Doch beim abschließenden Mokka war bereits alles wieder vergessen, man plauderte, auch Gudrun und Alfred in normalem, versöhnlichem Ton.

So mancher konnte sich allerdings ein stilles Grinsen nicht verkneifen, und irgendwie erschienen mir alle Gäste, besonders die mit ihren gestrauchelten Beziehungen, doppelt zufrieden, ja fast getröstet.

Hatte sie dieser Abend doch gelehrt:

Niemand ist vollkommen!